PETRA SCHIER

Vier Pfoten und das Weihnachtsglück

rütten & loening

MIX
Papier aus verantwortungsvollen Quellen
FSC® C083411
FSC
www.fsc.org

ISBN 978-3-352-00871-9

Rütten & Loening ist eine Marke der Aufbau Verlag GmbH & Co. KG

1. Auflage 2013

Umschlaggestaltung Mediabureau Di Stefano, Berlin
Druck und Binden CPI Clausen & Bosse, Leck
Printed in Germany

www.aufbau-verlag.de

Prolog

Lieber Weihnachtsmann
(oder wer auch immer bei Ihnen die E-Mails entgegennimmt),

heute ist mein achtzehnter Geburtstag, und ich gebe zu … na ja, wir haben was getrunken. Okay, ordentlich gebechert. Aber egal. Meine Schwester und ich haben vorhin eine Wette abgeschlossen. Ich habe gesagt, dass ich in genau zehn Jahren den Mann meines Lebens kennenlernen will. Also den, mit dem ich dann für immer zusammenbleiben werde.

Tessa (meine Schwester) meinte, ich sei verrückt und dass man vorsichtig mit den Dingen sein solle, die man sich wünscht. Sie hat eine große Enttäuschung hinter sich und sitzt jetzt mit einem süßen kleinen Sohn allein da, während sein Vater sich über den großen Teich abgesetzt hat, um als Fußballer Karriere zu machen. Dafür könnte ich ihm den Hals umdrehen, und es ist klar, dass sie nicht mehr an die große Liebe glaubt.

Aber ich glaube daran, und an den Weihnachtsmann glaube ich auch. Zumindest heute, wo ich so herrlich betüdelt bin. Kann sein, dass ich morgen einen Mordskater habe und es total peinlich finde, dass ich heute diese Mail geschrieben habe. Aber was soll's. Vermutlich liest sie ja doch niemand. Schön wäre es aber schon, wenn mein Wunsch in Erfüllung gehen würde. Mal abwarten, ob das klappt. Mit etwas Hilfe vom Weihnachtsmann doch bestimmt, nicht wahr?

Viele Grüße
Sophie Lamberti
P.S. Er sollte unbedingt Tiere mögen.
Hunde vor allen Dingen!

1. Kapitel

Zehn Jahre später

Bedächtig griff Santa Claus – auch als Weihnachtsmann bekannt – nach dem Ausdruck des Wunschzettels, den sein E-Mail-Archivierungsprogramm soeben ausgespuckt hatte. Elf-Dreizehn, der Weihnachts-Elf, der für das Computersystem zuständig war, hatte eine Zeitschaltuhr eingebaut. Diese zeigte zuverlässig alle längerfristig auszuführenden Wünsche nach Datum geordnet auf dem Computerbildschirm an.

Santa Claus strich sich lächelnd durch den weißen Rauschebart. Es kam nicht allzu oft vor, dass erwachsene Menschen – oder fast erwachsene – über seine Internetseite mit ihm Kontakt aufnahmen. Und wenn, dann eher Eltern, die ihren kleinen Kindern halfen, deren Wunschzettel per E-Mail abzuschicken.

Auch wenn die E-Mail nur aufgrund einer Wette an ihn gesendet worden war – ein Wunsch blieb ein Wunsch. Und ein solcher musste erfüllt werden, wenn es auch nur ansatzweise möglich war.

Santas Blick blieb an der Unterschrift der jungen Dame hängen. »Sophie Lamberti«, murmelte er mit einem leichten Stirnrunzeln vor sich hin. »Wo habe ich den Namen bloß schon mal gehört?«

Ohne hinzusehen, drückte er den Knopf der Gegensprechanlage. »Elfe-Sieben?«

»Ja, Santa, was gibt es?«, kam prompt die Antwort seiner Assistentin.

»Sagt dir der Name Sophie Lamberti etwas?«

»Lamberti?« Einen Moment war es still, dann raschelte etwas, und Augenblicke später betrat Elfe-

Sieben Santas Arbeitszimmer. Zielstrebig trat sie an die Wand mit den unzähligen Flachbildschirmen, über die die wichtigsten Wunscherfüllungsprojekte des Weihnachtsmannes per Video überwacht werden konnten. Da es gerade November war, liefen die meisten Bildschirme noch nicht.

Elfe-Sieben schaltete eines der Geräte an und tippte ein paar Daten ein. Sogleich erschienen verschiedene Fotos auf dem Bildschirm. Die kleine Elfe drehte sich zum Weihnachtsmann um. »Meinst du diese Sophie Lamberti?« Sie deutete auf das Gesicht einer hübschen jungen Frau mit langem brünettem Haar und braunen Augen. »Sie ist die Schwester von Tessa Lamberti, Pardon, Winkmann. Weißt du noch, du hast sie und ihren jetzigen Mann vor einigen Jahren zusammengebracht. Rechtzeitig zum Weihnachtsfest übrigens. Die beiden haben einen Sohn namens Lukas und seit kurzem eine Tochter mit Namen Tatjana. Und an Ruprecht, den kleinen Jack-Russell-Mischling, erinnerst du dich bestimmt auch noch, oder?« Elfe-Sieben wählte ein Foto des lustigen kleinen Hundes und vergrößerte es mit einem Tastendruck. »Er hat uns damals geholfen, die beiden Menschen zusammenzubringen.«

»Na, so was!« Santa Claus rieb sich verblüfft übers Kinn. »Selbstverständlich erinnere ich mich daran. Das ist ja wirklich ein Zufall; wie klein die Welt doch ist. Ich habe hier einen Wunsch dieser Sophie vorliegen, den sie vor zehn Jahren an mich geschickt hat. Schau!« Er reichte Elfe-Sieben den Ausdruck der E-Mail.

Die Elfe überflog das Schreiben und lächelte sichtlich gerührt. »Wie romantisch!«, seufzte sie. »Offenbar haben wir jedes Jahr wenigstens einen Fall unter den Wünschen, bei dem wir Liebende zueinanderführen sollen.«

»Stimmt, das kam in den letzten Jahren immer wieder vor.« Santa Claus nickte nachdenklich. »Aber das sind auch stets die kniffligsten Fälle. Wenn meine liebe Frau davon erfährt, wird sie mir bestimmt davon abraten, mich einzumischen.«

Elfe-Sieben blickte ihn erschrocken an. »O nein, bitte lass uns Sophie helfen. Ich finde ihre E-Mail so nett.«

»Vielleicht hat sich der Wunsch auch längst erledigt«, gab der Weihnachtsmann zu bedenken. »Zehn Jahre sind eine lange Zeit.«

»Das lässt sich doch ganz leicht herausfinden«, befand die Elfe und trat neben ihn. »Darf ich?« Ohne auf seine Antwort zu warten, tippte sie ein paar Befehle auf der Computer-Tastatur ein und rief damit eine Suchmaske auf. »Schauen wir mal, wie es Sophie Lamberti geht und was sie heute macht.«

2. *Kapitel*

»Tessa, du wirst mir nicht glauben, was heute passiert ist!« Wie ein Wirbelwind fegte Sophie Lamberti in den spätherbstlich dekorierten Blumenladen ihrer älteren Schwester und fiel ihr um den Hals. »Ich hab ihn, ich hab ihn!«

Lachend schob Tessa sie ein wenig von sich. »Pass auf, ich bin gerade dabei, ein Blumengesteck zusammenzustellen. Meine Hände sind ganz schmutzig.« Sie griff nach einem Handtuch und wischte ihre Finger daran ab. »Also sag schon, wen hast du an der Angel?«

Sophie strahlte sie an und schüttelte ihr langes braunes Haar. An ihren Ohren klimperten große, silberne Ohrringe, die wie ineinander verwobene keltische Ornamente aussahen. »Na, den Job! Ich hab den Job! Erinnerst du dich noch, dass ich mich als Fotografin für diese Artikelserie über Weihnachtsbräuche beim Magazin *Zeitschritte* beworben hatte? Ist schon ein Weilchen her.«

»*Zeitschritte*? Du meinst *das* Lifestyle-Magazin …«

»… mit politischem und sozialem Anspruch«, ergänzte Sophie den Werbeslogan der Zeitschrift. »Genau das meine ich. Sie haben vorhin angerufen und mich zu einem Meeting eingeladen. Die Chefredakteurin persönlich hat mit mir gesprochen. Meine Fotos haben ihnen richtig gut gefallen, und jetzt darf ich an dieser Artikelserie mitarbeiten. Ich weiß nur noch nicht, welcher Journalist die Texte schreiben wird, aber den lerne ich ja dann bald kennen. Ich schätze, es ist eine der Reporterinnen, die auch sonst die sozialen Themen bearbeiten. Da sind ein paar tolle Frauen dabei. Das wird so spannend. Ich bin ganz aus dem Häuschen!«

Tessa lachte. »Das merke ich. Gratuliere zu diesem Erfolg, Schwesterchen. Ich wusste, aus dir wird mal eine Star-Fotografin. Ich bin stolz auf dich.«

»Na ja, so weit bin ich nun doch noch nicht«, schränkte Sophie ein, grinste jedoch dabei. »Aber was nicht ist, kann ja noch werden. Ich bin so glücklich über diesen Auftrag. Mein Fotostudio läuft zwar auch ganz passabel, aber um richtig bekannt zu werden und die fetten Aufträge an Land zu ziehen, muss ich einfach noch mehr Referenzen aufweisen können. Was wäre dazu besser geeignet als eine Fotoserie für *Zeitschritte*? Ich geh gleich mal rauf ins Studio und rufe Mama und Papa an. Die werden vielleicht Augen machen.« Sophie wirbelte zur Tür, drehte sich aber noch einmal um. »Tessa, das muss gefeiert werden. Haben du und Tom heute Abend schon was vor?«

»Eigentlich nicht.« Tessa überlegte kurz. »Lukas übernachtet heute bei Mario. Leon hat den beiden Jungs versprochen, mit ihnen ins Kino zu gehen. Irgendein Action-Streifen. Training hat Tom heute auch keines. Wenn wir also für Tatjana einen Babysitter finden, steht einer kleinen Feier nichts entgegen.«

»Ach was, ich bringe alles mit«, widersprach Sophie.

»Meine kleine Nichte muss unbedingt den Erfolg ihrer Tante mitfeiern. Ich kann kaum glauben, dass sie schon sechs Monate alt ist. Sie ist so süß, ich könnte sie ständig knuddeln.« Suchend blickte sie sich um. »Wo hast du sie überhaupt versteckt?«

»Pierre ist mit ihr spazieren gegangen. Sie wurde ein bisschen unruhig, als vorhin gleich mehrere Kunden in den Laden kamen.«

»So ein Assistent ist Gold wert, was?« Sophie lachte.

»Geschäftspartner, bitte«, verbesserte Tessa. »Immerhin habe ich ihn kürzlich mit dreißig Prozent am Laden beteiligt. Aber du hast recht, er ist wirklich ein Schatz und ganz vernarrt in Tatjana. Er kann unglaublich gut mit ihr umgehen. Ich wüsste nicht, was ich ohne ihn anfangen sollte.«

»Grüß ihn von mir, wenn die beiden zurückkommen.« Wieder wandte sich Sophie der Tür zu. »Dann wäre das also abgemacht. Ich komme heute Abend gegen sieben zu euch. Und wagt es nicht, etwas vorzubereiten. Die Party geht auf mich!«

3. Kapitel

»Es ist dir wirklich ernst, was?« Eingehend sah sich Erich Braumann, Inhaber der Mediengruppe *B-Media,* im Wohnzimmer der kleinen Dreizimmerwohnung seines Sohnes um. Die Wände waren frisch gestrichen, die Böden mit dunklem Laminat ausgelegt, und die Einrichtung bestand überwiegend aus nagelneuen IKEA-Möbeln. »Zweckmäßig«, konstatierte er mit einem Schmunzeln. »Aber weniger hässlich, als deine Mutter befürchtet hat. Für eine Weile wirst du es hier wohl aushalten.«

»Komm schon, Pap, Millionen Menschen leben so. Ich sehe nicht ein, weshalb ich das nicht tun sollte.« Carsten Braumann grinste schief und fuhr sich durch das kurze blonde Haar. »Abgesehen davon dürfte mein Loft drüben in Köln nicht gerade zu dem Image eines durchschnittlich verdienenden Journalisten passen.«

»Wie lange willst du die Scharade aufrechterhalten?« Erich trat ans Fenster und warf einen Blick auf den kleinen Stadtpark, der gleich gegenüber begann. Die Bäume waren um diese Jahreszeit bereits kahl; das trübe, neblige Wetter tat sein Übriges, um alles in ein tristes Licht zu tauchen.

»Erst einmal so lange, wie die Arbeit an der Artikelserie dauert«, antwortete Carsten und trat neben seinen Vater. »Dann sehen wir weiter. Du hast es doch ähnlich gemacht, als du in meinem Alter warst, oder etwa nicht?«

»Mhm, ja. Aber damals war die Firma noch nicht halb so groß wie heute und die Klatschmedien noch nicht so auf Zack. Ein Klick ins Internet und jeder weiß, wer du bist.«

»O nein, so leicht ist es nicht«, widersprach Carsten. »Mein Name taucht so gut wie gar nicht im Zusammenhang mit der Firma auf; da muss man schon sehr genau recherchieren. Ich trete lediglich als Journalist in Erscheinung, und nichts anderes bin ich ja offiziell. Dass ich der Junior-Chef der *B-Media-Group* bin, steht nirgendwo öffentlich geschrieben. Und so soll es auch bleiben. Du und Mam, ihr seid damit doch auch immer sehr gut gefahren.«

»Allerdings«, stimmte Erich zu. »Ich halte nichts davon, mich mit meinen Verdiensten weit aus dem Fenster zu lehnen. Die Firma läuft, dank unserer fähigen Geschäftsführer und Mitarbeiter. Mehr braucht niemand zu wissen, der uns nicht näher kennt.«

»Eben.« Carsten nickte. »Und deshalb wird die Sache auch funktionieren. Mir liegt wirklich viel an diesem Projekt. Hat Inga sich schon für einen Fotografen entschieden?«

»Sie hat eine junge Frau hier aus der Stadt vorgeschlagen. Ich habe ihre Bewerbungsmappe gesehen; sie ist sehr talentiert. Sophie irgendwas. Den Nachnamen habe ich vergessen. Ich glaube, es war etwas Italienisches.«

»Eine Frau? Na toll, hoffentlich nicht so ein verrücktes Groupie mit nichts als Stroh im Kopf.«

»Carsten!« Irritiert schüttelte Erich den Kopf. »Seit wann bist du eigentlich derart frauenfeindlich eingestellt? Das gefällt mir gar nicht.«

»Ich bin nicht frauenfeindlich, sondern genervt. Mir gehen diese Möchtegern-Sternchen und geldgeilen Männerfängerinnen gewaltig auf den Keks. Die, die sich im Showbiz tummeln, sind die schlimmsten.«

»Ts, ts, ts, dann kann ich dich wohl beruhigen. Dies ist der erste Auftrag eines großen Magazins für die junge Dame. Sie ist also noch ein unbeschriebenes Blatt.«

»Noch schlimmer. Dann sucht sie vermutlich gerade nach einem Karrieresprungbrett.«

»Nun hör aber auf!« Verärgert runzelte Erich die Stirn. »Was ist denn bloß in dich gefahren?«

Carsten funkelte ihn gereizt an. »Du weißt genau, wie es mir bisher mit Frauen ergangen ist, ob nun privat oder beruflich. Mir reicht es. Kaum wittern sie Geld und Einfluss, schon saugen sie dich aus und werfen die Hülle dann achtlos weg, wenn sie bekommen haben, was sie wollen. Aber nicht mehr mit mir. Ich bin fünfunddreißig. Andere Männer haben in meinem Alter schon eine Familie.«

»Die könntest du auch längst haben.«

»Mit wem denn?« Vehement schüttelte Carsten den Kopf.

»Nun mach aber mal einen Punkt, Carsten. Du hattest doch schon genug Freundinnen, und auch jetzt dürfte die Auswahl nicht allzu klein sein.«

»Auswahl? O ja. Welche hätte ich denn heiraten sollen? Ich sag dir was: Die Wahrscheinlichkeit, dass ich inzwischen wieder geschieden wäre und jeden Monat einen Batzen Alimente zu zahlen hätte, ist so groß wie die, dass am vierundzwanzigsten Dezember Heiligabend ist.«

»Das kannst du doch gar nicht wissen, Junge.«

»Und wie ich das weiß. Pap, vergiss es einfach. Sollte ich eines Tages doch noch mal einer Frau begegnen, die nicht in diese Kategorie fällt, erfährt sie erst, wer ich wirklich bin, wenn wir in Rente gehen.«

Erich runzelte die Stirn. »Unaufrichtigkeit kann wohl kaum der beste Weg sein.«

»Das werden wir ja sehen.« Mit finsterer Miene verschränkte Carsten die Arme vor der Brust. »Ich bleibe jedenfalls erst einmal bis auf weiteres bei meinem Plan.«

»Dann viel Erfolg mit deiner Maskerade. Ich hoffe, du setzt dich damit nicht in die Nesseln.« Achselzuckend wandte Erich sich um und ging zur Wohnungstür. Dort drehte er sich noch einmal um. »Ehe ich es vergesse – deine Schwester hat sich angemeldet. Sie trifft morgen Mittag ein. Faselte etwas von einer Überraschung für dich.«

»O nein!«

»O doch. Komm schon, es wird schon nicht so schlimm werden.«

Carsten nahm seine silbern gerahmte Brille ab und massierte seufzend seine Nasenwurzel. »Elenas Überraschungen bedeuten immer irgendwelchen Ärger. Du hast ihr doch wohl nicht meine neue Adresse gegeben?«

Erich grinste nur.

»Pap!«

»Viel Erfolg mit der Artikelreihe, mein Sohn.« Die Tür klappte hinter Erich Braumann ins Schloss. Carsten stöhnte und schloss für einen Moment die Augen. Als er sie wieder öffnete, fiel sein Blick auf die weit offenstehende Küchentür und das Chaos von Kartons und Kisten dahinter. Wenn er bis morgen fertig eingerichtet sein wollte, wurde es Zeit, sich wieder an die Arbeit zu machen. Vielleicht schaffte er auch noch einen raschen Einkauf im Supermarkt. Und dann musste er sich auch noch auf das morgige Meeting in der Redaktion vorbereiten.

Sophie warf einen Blick auf ihre Armbanduhr und fluchte unterdrückt. Der letzte Fototermin des Tages hatte sie länger aufgehalten als geplant, und sie musste unbedingt noch ein paar Sachen für die abendliche Feier bei Tessa einkaufen. Sie bog mit Schwung auf den Parkplatz des Supermarktes ein und vernahm fast im gleichen Moment ein lautes Hupen. Erschrocken trat sie auf die Bremse und brachte ihren Wagen nur Millimeter vor einem schwarzen Sportwagen zum Stehen. Der Fahrer gestikulierte wild und zeigte ihr einen Vogel. Sie blickte sich erschrocken um und runzelte dann die Stirn. Was hatte der Typ überhaupt auf ihrer Spur zu suchen? Er war eindeutig gegen die Fahrtrichtung unterwegs.

»Blöder Affe«, schimpfte sie und zeigte ihm ebenfalls einen Vogel, doch er hatte längst den Rückwärtsgang eingelegt und war an ihr vorbei in eine Parklücke gefahren. Achselzuckend suchte sie sich ebenfalls einen Platz, schnappte sich einen Einkaufswagen und hastete im Laufschritt in den Markt.

Den Großteil ihrer Einkäufe hatte sie schnell erledigt, doch an der Fleischtheke musste sie sich in einer längeren Schlange anstellen. Seufzend blickte sie erneut auf ihre Uhr. Schon kurz vor sieben. Sie hasste es, unpünktlich zu sein.

Beherzt tippte sie den hochgewachsenen, blonden Mann an, der vor ihr in der Reihe stand. »Entschuldigen Sie bitte, wäre es wohl möglich, dass Sie mich vorlassen … Oh.« Sie verstummte, als der Mann sich zu ihr umdrehte. »Sie!«

Er musterte sie erstaunt, dann bildete sich eine steile Falte auf seiner Stirn. Seine grauen Augen hinter den dezent silbern gerahmten Brillengläsern verengten sich. »Die Kamikaze-Fahrerin, wie nett. Ich hoffe, Sie haben auf dem Weg hierher nicht noch jemanden über den Haufen gefahren.«

Sophie starrte ihn empört an. »Hören Sie mal! Sie waren auf der falschen Spur unterwegs. Ich hab Sie überhaupt nicht kommen sehen.«

»Dann fahren Sie demnächst besser mit offenen Augen.«

Liebend gerne hätte Sophie ihm eine patzige Antwort gegeben, doch stattdessen setzte sie ein, wie sie hoffte, freundliches Lächeln auf. »Lassen wir's einfach gut sein, ja? Wissen Sie, ich habe es ein bisschen eilig, deshalb wäre es nett, wenn Sie mich vorlassen würden.«

»Warum sollte ich das wohl tun?« Er musterte sie verärgert. »Sie können warten wie jeder andere Kunde auch.«

»Aber ...« Sophie blickte verblüfft auf seinen Rücken, denn er hatte sich einfach wieder umgedreht. »Fein.« Verärgert richtete sie ihren Blick auf die Einkäufe in ihrem Wagen.

Nachdem sie endlich alle Lebensmittel erstanden hatte, eilte sie zu ihrem Wagen zurück und lud alles in den Kofferraum. Inzwischen war es schon nach sieben. Während sie halb gehend, halb laufend den Einkaufswagen zurückbrachte, fischte sie mit einer Hand nach ihrem Handy, um Tessa anzurufen. Mit fliegenden Fingern blätterte sie durch die Telefonliste, als ihr leerer Einkaufswagen unsanft mit dem eines anderen Kunden zusammenstieß. Sie strauchelte und hätte um ein Haar ihr Mobiltelefon fallengelassen. »O Gott, entsch...«, setzte sie an.

»Das darf doch wohl nicht wahr sein! Träumen Sie eigentlich?«, fuhr der blonde Mann von eben sie erbost an. Sein Einkaufswagen war durch den Aufprall rückwärts gegen eine Bordsteinkante gerollt und halb umgekippt. Die Hälfte seiner Einkäufe kullerte in einem Blumenbeet umher. Fluchend bückte er sich und begann, die Lebensmittel wieder einzusammeln.

»Entschuldigen Sie vielmals«, rief Sophie, nachdem sich ihre Sprache wiedergefunden hatte. »Ich habe nicht aufgepasst. Tut mir leid.« Eilig rollte sie ihren Wagen zur Seite und bückte sich ebenfalls, um ein Päckchen Butter und eine Tüte mit Schnittsalat aufzuheben, die vor ihren Füßen gelandet war. Dann griff sie nach dem Netz mit Apfelsinen, doch der Mann hatte dieses ebenfalls im gleichen Moment in die Hand genommen.

Beide ließen das Netz wieder los und richteten sich auf. Dabei stießen sie unsanft mit den Köpfen zusammen.

»Au!« Sophie rieb sich über die Stirn und blickte verlegen zu ihrem Gegenüber auf, dessen Hand ebenfalls an seinen Kopf gewandert war.

In seinen grauen Augen glitzerte es sowohl zornig als auch spöttisch. »Ich schlage vor, Sie halten sich von mir fern«, sagte er in sarkastischem Tonfall. »Sonst gibt es am Ende noch Tote.«

»Ich wollte doch nur ...«

»Ja, ja, sicher. Guten Tag.« Ohne sie noch weiter zu beachten, sammelte er die noch herumliegenden Einkäufe ein.

Sophie sah ihm einen Moment verunsichert dabei zu. »Es tut mir wirklich leid. Ich wollte nicht ...«

»Vergessen Sie es, okay?« Er legte einen Beutel Tiefkühlgemüse zuoberst in seinen Wagen. »Gehen Sie und rennen jemand anderen über den Haufen. Mein Bedarf ist für heute gedeckt.«

»Es war ja keine Absicht.«

»Sie gehen mir auf die Nerven, Lady.«

Sophies Geduldsfaden riss. »Und Sie sind ein ziemlicher Großkotz.« Sie warf einen Blick auf seinen Einkaufswagen, aus dem es verdächtig tropfte. »Sie sollten auf Ihre Eier aufpassen.«

Er zog die Brauen zusammen. »Wie bitte?«

Sophie grinste süffisant. »Ihre Eier … sie laufen aus.«

Damit drehte sie sich um und stolzierte hoch erhobenen Hauptes zurück zu ihrem Auto. Erst als sie bereits auf halbem Weg zu Tessas Haus war, fiel ihr ein, dass sie ihren eigenen Einkaufswagen samt Chip mitten auf dem Parkplatz zurückgelassen hatte.

4. Kapitel

»Hast du das gesehen?« Elfe-Sieben stieß Santa Claus aufgeregt in die Seite. »Ich glaube, wir haben uns genau im richtigen Moment eingeschaltet.«

»Und wie ich das gesehen habe!«, rief der Weihnachtsmann und rieb sich die Hände. »Das ist ja besser, als ich dachte. Wir müssen sofort herausfinden, wer der blonde Mann ist. Er sieht mir nach einem vielversprechenden Kandidaten aus.«

Die beiden sahen einander mit verschwörerischem Lächeln an. Im selben Moment vernahmen sie ein energisches Räuspern hinter sich. Ohne dass sie es bemerkt hatten, war Santas Frau eingetreten und hatte den beiden offenbar schon eine Weile still über die Schultern geschaut.

»Hallo, mein Schatz.« Erfreut drehte Santa sich zu ihr um. »Was machst du denn hier? Ich dachte, du beaufsichtigst die Bäcker-Elfen drüben in der Backstube.«

»Ich habe dir ein paar Kostproben gebracht.« Santas Frau deutete auf den Teller mit Plätzchen, den sie auf dem Schreibtisch abgestellt hatte. »Was macht ihr denn da? Das sieht doch schon wieder nach irgendeinem Unfug aus.«

»Nein, ganz bestimmt nicht!«, widersprach Elfe-Sieben. »Wir versuchen nur, einer jungen Frau einen

Wunsch zu erfüllen, den sie vor zehn Jahren an Santa geschickt hat. Das ist doch unsere Aufgabe, oder etwa nicht? Schau, hier ist er.« Sie reichte Santas Frau den Ausdruck der E-Mail, den diese rasch überflog. Dann lächelte sie der eifrigen Weihnachtselfe zu.

»Selbstverständlich ist das eure Aufgabe. Ich bin nur immer besorgt, dass ihr euch zu sehr einmischen könntet. Wenn ich das recht verstehe, habt ihr mit diesen beiden Menschen dort auf dem Bildschirm etwas vor. Seid ihr sicher, dass das gut geht? Sie wirken auf mich nicht sehr begeistert voneinander.«

»Ach was.« Der Weihnachtsmann schüttelte milde den Kopf. »Was sich liebt, das neckt sich.«

»Mag sein.« Seine Frau nickte leicht. »Aber versprich mir, dass du die Finger davon lässt, wenn es nicht funktioniert. Nach allem, was ich gerade gesehen habe, dürfte es kaum zwei Menschen geben, die weniger zusammenpassen als diese beiden.«

»Der erste Eindruck kann täuschen«, gab Santa zu bedenken.

»Stimmt, das kommt vor«, gab seine Frau zu. »Aber falls dem nicht so sein sollte, wäre es sicherlich nicht verkehrt, noch einen Plan B in der Hinterhand zu haben.«

»Den werden wir nicht brauchen«, sagte Santa voll Überzeugung.

5. Kapitel

»Guten Morgen, Frau Lamberti.« Mit einem kräftigen Händedruck wurde Sophie von Inga Heidbrink, der Chefredakteurin des Magazins *Zeitschritte*, begrüßt. »Setzen Sie sich. Möchten Sie einen Kaffee? Wasser? Oder etwas anderes? Wir warten noch auf Carsten. Er wird den journalistischen Part an der Artikelserie übernehmen. Ich bin sicher, das wird ein ganz tolles Projekt. Der erste Teil soll bereits kommende Woche erscheinen, deshalb sind wir ein wenig in Zeitdruck. Die Termine für die ersten Interviews und Fotosessions stehen bereits fest. Ihr könnt also sofort loslegen.«

Sophie nickte eifrig. »Von mir aus gerne. Ich möchte mich noch einmal dafür bedanken, dass Sie mir diese Möglichkeit bieten. Es war schon lange mein Wunsch, für dieses Magazin fotografieren zu dürfen.«

»Ich bin sicher, Sie werden hervorragende Arbeit leisten. Ihre bisherigen Werke sind sehr beeindruckend. Gerade gestern habe ich mir noch einmal Ihre Homepage angesehen. Wenn das aktuelle Projekt so gut läuft, wie ich mir das vorstelle, kann es durchaus sein, dass wir … Ach, da bist du ja, Carsten«, unterbrach sie sich, als die Tür sich öffnete und ein großer blonder Mann eintrat. »Du kommst gerade rechtzeitig. Ich wollte eben unserer neuen Fotografin die Details unserer Planungen vorstellen. Frau Lamberti«, sie wandte sich Sophie zu. »Dies ist Carsten Braumann, der Kollege, der die Artikel zur Fotoserie schreiben wird. Wenn Sie unser Magazin regelmäßig lesen, werden Sie seinem Namen bereits begegnet sein. Carsten, sag guten Tag zu deiner Projektpartnerin Sophie Lamberti.«

Carsten trat näher und streckte die Hand aus. »Guten … Ach du liebe Zeit, Sie schon wieder!« Mitten in der Bewegung hielt er inne und starrte Sophie an.

Sophie, die sich von ihrem Stuhl erhoben hatte, erschrak ebenfalls. »Sie? Das … ist … aber ein, ähm, Zufall.«

»Ihr kennt euch schon?« Erfreut blickte Inga zwischen ihnen hin und her. »Das ist ja praktisch, dann entfällt ja das lästige Vorstellen. Setzen wir uns wieder, dann können wir eure Vorgehensweise in Ruhe besprechen. Ich schlage vor, ihr fahrt als Erstes …«

Sophie ließ sich langsam wieder auf ihren Platz sinken. Sie meinte, noch immer Carsten Braumanns missbilligenden Blick zu spüren, doch als sie ihn ansah, war seine Aufmerksamkeit voll und ganz auf die Chefredakteurin gerichtet. Beinahe hätte Sophie die Hände an ihre glühenden Wangen gelegt. Sie hoffte, sie war nicht so rot geworden, wie es sich anfühlte. Das war Carsten Braumann? Selbstverständlich kannte sie seine Artikel. Normalerweise befasste er sich mehr mit politischen und gesellschaftlichen Themen. Diese Artikelreihe über Weihnachtsbräuche passte nicht ganz in sein Schema, aber das hätte ihr ja gleichgültig sein können. Wenn man ihr vorher gesagt hätte, dass sie mit ihm zusammenarbeiten würde, wäre sie doppelt stolz gewesen. Doch nach der gestrigen Begegnung mit ihm war sie alles andere als begeistert, ihn am Hals zu haben. Als er nun doch kurz in ihre Richtung blickte, konnte sie an seiner Miene nur allzu deutlich ablesen, dass sich auch bei ihm die Euphorie über die erneute Begegnung in Grenzen hielt.

Für den Rest des Meetings hatte Sophie große Mühe, sich auf das zu konzentrieren, was Inga Heidbrink über den Ablauf der Zusammenarbeit zu sagen hatte. Doch sie riss sich zusammen, so gut es ging. Vor einem Carsten Braumann würde sie sich keine Blöße geben, das stand fest.

»Sie haben wohl nichts dagegen, wenn ich fahre?« In Carstens Frage schwang deutlich erkennbarer Spott mit. Er hielt ihr die Tür auf und folgte ihr dann hinaus auf den Parkplatz vor dem Redaktionsgebäude, das sich etwas außerhalb der kleinen Stadt befand, in der Sophie lebte.

Sie drehte sich zu ihm um und funkelte ihn an. »Stolpern Sie auf dem Weg zum Auto nicht über Ihr Ego. Ich habe gestern versucht, mich bei Ihnen zu entschuldigen.«

»Indem Sie mich einen Großkotz nannten?« Feixend zog er einen Schlüsselbund aus seiner Hosentasche und strebte einem schwarzen Sportwagen zu.

»Sie sind ja auch einer. Ich habe Ihnen doch nun wirklich nichts getan.«

»Versuchten Mord und schwere Körperverletzung zählen Sie als nichts?«

Er hatte den Wagen aufgeschlossen und ihr die Beifahrerseite geöffnet. Sophie, die gerade hatte einsteigen wollen, hielt inne und richtete sich wieder auf. »Spinnen Sie?«

»Ich war es jedenfalls nicht, der versucht hat, Sie gleich zweimal über den Haufen zu fahren. Von der Kopfnuss ganz zu schweigen.« Achselzuckend ging Carsten um das Auto herum und klemmte sich hinters Steuer. »Was ist nun, fahren Sie mit, oder muss ich die Fotos zum heutigen Interview selbst schießen?«

Sophie biss sich auf die Zunge, um den Kommentar, der ihr herauszurutschen drohte, zu unterdrücken. Schweigend setzte sie sich ins Auto und schnallte sich an. Die Tasche mit ihrer Kamera und weiteren Utensilien stellte sie im Fußraum ab.

»Wollen Sie die nicht lieber im Kofferraum verstauen?«, fragte er.

Sophie schüttelte den Kopf. »Das geht schon.«

»Wie Sie wollen.« Sie spürte, wie er sie von der Seite musterte. »Ach übrigens … hier.«

Erstaunt blickte sie auf seine Hand, die er ihr, die Handfläche nach oben, hinhielt. Darauf lag ihr silberner Einkaufschip mit der lachenden orangefarbenen Sonne. »Oh.« Verlegen nahm sie den Chip an sich.

Da er nichts weiter sagte, schwieg sie ebenfalls und blickte angestrengt aus dem Fenster. Eines war klar – so hatte sie sich ihren ersten Auftrag für *Zeitschritte* nicht vorgestellt.

Unauffällig musterte Carsten seine Beifahrerin aus dem Augenwinkel. Sophie hatte die Lippen zu einem schmalen Strich zusammengepresst und tat, als interessiere sie die vorbeiziehende Landschaft. Wie kam es, dass er immer an die überspannten oder durchgedrehten Frauen geriet? Diese hier ging ihm schon seit der ersten Sekunde ihrer Bekanntschaft gehörig auf den Nerv. Dabei sah sie durchaus nicht übel aus. Nein, das war untertrieben. Sie war bildhübsch. Zwar eher unkonventionell gekleidet – mit Ornamenten bestickte Jeans, hochhackige Stiefeletten und ein enger dunkelblauer Rollkragenpullover. Den bunt gemusterten Schal, den sie zu ihrem langen blauen Mantel trug, hatte sie beim Einsteigen ins Auto abgelegt. An ihren Ohren glitzerten silberne, mit Strasssteinchen besetzte Ohrringe, die besonders gut zur Geltung kamen, da sie ihr braunes Haar hochgesteckt trug. Ja, sehr hübsch, aber ganz und gar nicht sein Typ. Dazu war sie ihm zu kratzbürstig.

Andererseits hatte er es natürlich auch herausgefordert. Hätte er besonnener reagiert, wäre die Situation am Vortag vermutlich nicht so eskaliert. Doch nun war es, wie es war. Er konnte nur hoffen, dass sich die Zusammenarbeit mit ihr nicht als so anstrengend erweisen würde, wie er befürchtete.

»Sagen Sie mal, sind Sie von allen guten Geistern verlassen?« Nachdem sie das Interview mit einer prominenten Kölner Familie beendet hatten, verließen Sophie und Carsten das weitläufige Grundstück und strebten dem Wagen zu, den er ein wenig abseits geparkt hatte. Sophie blickte ihn wütend von der Seite an. »Wie können Sie es wagen, sich über die kleine Emily lustig zu machen?«

Erstaunt blieb Carsten stehen. »Habe ich das?«

»Nun tun Sie doch nicht so; natürlich haben Sie. Und ihre kindlichen Illusionen haben Sie vermutlich auch zerstört. Finden Sie das gut?«

»Ich weiß nicht, wovon Sie reden.« Langsam setzte er sich wieder in Bewegung und betätigte die Fernbedienung der Zentralverriegelung seines Autos.

»Sie haben sich erdreistet zu fragen, ob sie wirklich noch an den Weihnachtsmann glaubt«, ereiferte sich Sophie. »Da hätten Sie auch gleich sagen können, dass alles Humbug ist.«

Carsten öffnete die Beifahrertür für sie, stellte sich aber so, dass ihr das Einsteigen verwehrt war. Verärgert blickte er auf sie herab. »Also, zunächst einmal habe ich nicht gefragt, ob sie *noch* daran glaubt, sondern *ob* sie *wirklich* daran glaubt. Immerhin ist der Weihnachtsmann ein Märchen. Ein Kind von neun Jahren sollte das eigentlich schon wissen, oder?«

»Das ist doch Haarspalterei«, erwiderte Sophie giftig. »Sie hätten auch offen über die Kleine lachen können, das wäre kaum schlimmer gewesen.«

»Ich habe nur meinen Job gemacht«, erklärte er. »Und der besteht nun einmal darin, Fragen zu stellen. Außerdem hat Emily mit ja geantwortet, also brauchen Sie sich gar nicht so aufzuregen.«

»Ich rege mich aber auf.« Sophie stemmte die Hände in die Hüften. »Ihre Vorgehensweise ist vollkommen unsensibel.«

»Nun, da sind wir eben verschiedener Ansicht.« Carsten zuckte die Achseln. »Meinetwegen kann die Kleine ja glauben, woran sie will. Ich wollte nur eine ehrliche Antwort, und die habe ich erhalten.«

»Ja, sicher.« Sophie starrte in seine kühlen, grauen Augen. »Aber wehe, in Ihrem Artikel findet sich auch nur ein Hauch von Spott, dann drehe ich Ihnen den Hals um.«

»Spott?« Verblüfft hob er die Augenbrauen. Gleich darauf bildete sich eine zornige Falte auf seiner Stirn. »Wofür halten Sie mich eigentlich?«

»Das habe ich Ihnen schon gesagt.«

»Dann hören Sie mir mal gut zu.« Carsten beugte sich ein wenig zu ihr herab, so dass sich ihre Nasen beinahe berührten. »Ich bin Journalist, kein Schmierfink. Ein wenig Professionalität dürfen Sie mir also ruhig zugestehen. Und nun steigen Sie endlich ein, bevor ich *Ihnen* den Hals umdrehe.«

Sekundenlang verhakten sich ihre Blicke ineinander. Sophie verschlug es für einen Moment den Atem, doch dann riss sie sich zusammen. »Sie stehen mir im Weg.«

»Was?« Die Falte auf seiner Stirn vertiefte sich.

»Ich soll doch einsteigen, oder etwa nicht? Sie blockieren die Tür.«

Carstens Augen verengten sich kurz. Sophie spürte seinen Blick für den Bruchteil einer Sekunde über ihr Gesicht hinab zu ihren Lippen wandern. Dann stieß er einen genervten Laut aus und wandte sich abrupt ab. Irritiert sah sie ihm zu, wie er um den Sportwagen herum zur Fahrertür ging, dann stieg sie hastig ein.

Auf dem Rückweg zur Redaktion herrschte eisiges Schweigen zwischen ihnen. Lediglich ihre guten Manieren hielten Sophie davon ab, sich weiter zu Carstens Verhalten zu äußern. Außerdem musste sie noch mindestens fünf Wochen mit ihm zusammenarbeiten, und das würde eine Qual werden, wenn sie nicht allmählich einen Waffenstillstand schlossen.

Nach einer kurzen Besprechung mit der Chefredakteurin machte Sophie sich schließlich auf den Heimweg. Sie hatte am Nachmittag noch einige Termine in ihrem Studio und würde auch die Fotos durchsehen, die sie während des Interviews gemacht hatte. Vorher musste sie sich aber unbedingt noch etwas abreagieren.

6. Kapitel

Immer zwei Stufen auf einmal nehmend, stieg Carsten die Treppe zu seiner Wohnung hinauf. Er wollte nichts anderes mehr als eine heiße Dusche und seine Ruhe. Nicht nur hatte ihn Sophie Lamberti heute einiges an Nerven gekostet, den Nachmittag hatte er zu allem Überfluss auch noch mit lästigen Sitzungen verbringen müssen. Als Juniorchef der *B-Media-Group* konnte er sich diesen Pflichten leider nicht entziehen, auch wenn die Geschäftsführer der einzelnen Firmensparten gute Arbeit leisteten. Schon beim Betreten seiner Wohnung sah er das leidige Blinken seines Anrufbeantworters. Hoffentlich nichts Wichtiges, dachte er, während er den Knopf zum Abspielen der Nachrichten betätigte.

»Hallo, Schätzchen«, schallte ihm die gutgelaunte Stimme seiner Schwester Elena entgegen. »Hat Pap dir schon erzählt, dass ich im Lande bin? Ich hab eine tolle Überraschung für dich, die ich dir heute Abend gegen sechs vorbeibringe. Du wirst Augen machen! Und wunderbare Neuigkeiten habe ich auch. Deshalb die Überraschung. Aber das erzähle ich dir lieber, wenn ich da bin. Küsschen!«

Stöhnend blickte Carsten auf seine Uhr. An den Besuch seiner Schwester hatte er überhaupt nicht mehr gedacht. Und es war schon kurz nach sechs, also würde sie jeden Moment eintreffen. Die Sache mit der Dusche und dem ruhigen Abend vor dem Fernseher hatte sich also wohl erledigt.

Kaum hatte er den Gedanken ausgedacht, da klingelte und klopfte es gleichzeitig an der Tür. Seufzend schloss er die Augen, atmete einmal tief durch, dann ließ er Elena eintreten.

»Carsten, mein Schatz!« Er taumelte beinahe, so heftig warf sie sich in seine Arme und küsste ihn auf beide Wangen. Ihr teures Parfüm stieg ihm in die Nase, und ihr seidiges blondes Haar streifte sein Gesicht. Lachend wischte sie die Spuren ihres roten Lippenstiftes fort. Ohne Umstände zog sie den weißen Wintermantel aus, hängte ihn nachlässig an die Garderobe. Ihr teures blaues Designerkleid klebte wie eine zweite Haut an ihr und verbarg nichts von ihren üppigen Kurven. »Ist das schön, dich wiederzusehen«, rief sie mit der für sie typischen Begeisterung. »Wie geht es dir? Ich habe gehört, du schreibst jetzt auch Weihnachtsgeschichten? Pap hat mir von der Artikelserie für *Zeitschritte* erzählt. Tolle Idee, finde ich. Aber musstest du deshalb gleich aus deinem Loft ausziehen … hierher?« Mit großen Augen blickte sie sich in der Wohnung um. Dann grinste sie. »Na ja, ist ja gar nicht so übel, wenn man auf schwedische Möbel steht. Passt irgendwie zu dir.«

»Ach ja?« Er grinste zurück. »Inwiefern?«

Elena lachte. »Klare Linien, kein Schnickschnack, aber trotzdem ein ganz kleines Bisschen verspielt.« Sie war, während sie sprach, ins Wohnzimmer gegangen und zupfte an einem der mit Rentieren bestickten Kissenbezüge auf der Couch herum. »Carsten eben.« Sie zwinkerte ihm zu und ließ sich auf die Couch fallen. »Aber etwas fehlt hier noch.«

»Und zwar?« Carsten ließ sich ihr gegenüber in einem der gemütlichen Sessel nieder.

»Eine Frau, würde ich sagen, aber da stoße ich bei dir ja auf taube Ohren«, antwortete sie nun wieder etwas ernster. Ehe er etwas erwidern konnte, hob sie abwehrend die Hand. »Ja, ich weiß, du hast der Damenwelt abgeschworen. Nicht, dass ich dich nicht verstehe, aber willst du zum Einsiedler werden? Wer zu lange allein bleibt, wird wunderlich, das hat Oma schon immer gesagt.«

»Elena.« Er seufzte. »Wenn du hergekommen bist, um mir Vorträge zu halten …«

»Auf gar keinen Fall!«, unterbrach sie ihn. »Wie käme ich denn dazu? Nein, ich bin hier, weil ich eine Überraschung für dich habe. Du brauchst dringend Gesellschaft, und da du Menschenfrauen gegenüber so negativ eingestellt bist, ist mir eine andere Idee gekommen.« Sie öffnete ihre Gucci-Handtasche und zog ein Smartphone daraus hervor. Nachdem sie eine Nummer im Kurzwahlspeicher angewählt hatte, dauerte es nur Sekunden, bis sich jemand am anderen Ende meldete. »André? Bring sie jetzt bitte rauf, ja? Danke!«

Misstrauisch legte Carsten den Kopf schräg. »Wen oder was soll dein Chauffeur heraufbringen?«

»Das wirst du schon sehen.« Elena lächelte geheimnisvoll, was ihn nur zu noch mehr Argwohn veranlasste.

»Elena?«

»Die Überraschung, Schätzchen, was sonst sollte er wohl bringen?«

Carsten verdrehte die Augen. »Und worin besteht diese Überraschung?«

»Ach, weißt du, es ist so. Eigentlich gehört sie ja mir, aber Titus hat mich über den Winter in die Karibik eingeladen. Das geht nicht, habe ich gesagt, denn ich habe doch Aufträge. Meine Kleider designen sich nicht von selbst, ganz zu schweigen von der Leitung meiner Firma. Da hat er doch tatsächlich ein Haus mit Atelier und kompletter Büroeinrichtung für uns gekauft. Stell dir das mal vor. Ich bin hin und weg.«

»Was hat dein Verlobter nun wieder damit zu tun?« Da es in diesem Moment wieder klingelte, stand Carsten auf. Elena folgte ihm in den Flur. »Na, alles. Wenn wir in die Karibik gehen, können wir sie leider nicht mitnehmen. Ich hätte auch gar keine Zeit für sie. Deshalb …«

»Elena, willst du damit sagen …« Carsten schwante nichts Gutes, als er die Tür öffnete.

»Dass ich dir meinen Hund schenke? Doch, genau das.« Triumphierend grinste sie ihn an. Als André, der Chauffeur, mit dem hellbraunen Cockerspaniel an der Leine eintrat, ging sie jubelnd in die Hocke. »Da ist ja meine Süße! Komm her zu Mama. Ich muss dich noch mal knutschen.« Sie küsste den Hund auf den Kopf und strich ihm kurz übers Fell. Dann erhob sie sich, nahm André die Leine ab und drückte sie Carsten in die Hand. »Sie heißt Lulu, falls du es vergessen haben solltest. Lulu, darf ich vorstellen, dein neues Herrchen. Und dein neues Zuhause.«

Wie jetzt, ist das dein Ernst? Hier soll ich wohnen? Das ist ja nicht mehr als ein Schuhkarton! Wie sollen denn alle meine Sachen hier hineinpassen? Ich protestiere aufs Schärfste! Als wäre es nicht schon Zumutung genug, dass du mich einfach so hergibst. Nun ja, unsere Bindung war zwar nicht die engste, aber das ist nebensächlich. Hier geht es ums Prinzip. Dieses Etablissement ist vollkommen inakzeptabel. Und wie es hier riecht – wie in einem Möbelladen. Was ist das da drüben? Mein Sessel? Na, wenigstens daran habt ihr gedacht.

Mit einem Satz vorwärts riss Lulu Carsten die Leine aus der Hand und rannte auf einen der bequemen Sessel zu. Flink sprang sie darauf und drehte sich mehrmals im Kreis, bevor sie sich niederließ.

Also gut, das ist gar nicht so übel. Schön weich und bequem. Aber das soll nicht heißen, dass ich mit dem Arrangement allgemein zufrieden bin. Mitnichten! Übrigens wird es langsam Zeit fürs Dinner. Mein Magen knurrt schon.

»Elena!« Etwas hilflos blickte Carsten auf die Hündin, der es auf dem Sessel zu gefallen schien. »Was soll das? Du kannst mir nicht einfach deinen Hund aufs Auge drücken.«

»Warum denn nicht? Sie ist eine ganz Liebe. Na ja,

vielleicht ein bisschen anspruchsvoll, aber das kriegst du schon hin.« Seine Schwester strahlte ihn weiter an. »Du würdest doch nicht verlangen, dass ich sie ins Tierheim gebe, oder? Das kann ich ihr nicht antun.«

Tierheim? Das kommt ja überhaupt nicht in Frage! Nein, das könnt ihr nicht machen. Ich bin eine Dame! Liebe Zeit, allein bei dem Gedanken bleibt mir das Herz stehen. Dann doch lieber in einem Schuhkarton wohnen. Solange ich den Sessel hier behalten darf, erkläre ich mich bereit, mich zu arrangieren. Zumindest vorübergehend, bis sich möglicherweise etwas Besseres findet.

»Hast du gehört? Mein Schätzelein weint schon allein beim Gedanken ans Tierheim.« Mit großen Augen sah Elena ihren Bruder an.

»Ich habe keine Zeit für einen Hund!«

»Ach, komm schon. Du kannst sie mit zur Arbeit nehmen. Ich weiß genau, dass einige deiner Kollegen und Angestellten das auch tun. Du und Pap, ihr habt doch diese wahnsinnig innovative Firmenideologie eingeführt, dass Familie und Haustiere sich mit der Arbeit vereinbaren lassen sollen. Da musst du als oberster Boss mit leuchtendem Beispiel vorangehen.«

Carsten verdrehte die Augen. »Ich mag keine Hunde.«

Na toll, habe ich da richtig gehört? Mein neues Herrchen ist ein Hundehasser? Wo hast du mich denn da hingebracht?

»Siehst du!« Er deutete auf den Cockerspaniel, der ein leises Knurren von sich gegeben hatte. »Der Hund mag mich auch nicht.«

»Ihr gewöhnt euch schon aneinander.« Mit einer Handbewegung wischte Elena seine Einwände sprichwörtlich fort. »Komm schon, als Kind wolltest du immer einen Hund haben.«

»Jedes Kind will einen Hund«, erwiderte er gereizt. »Hör zu, Elena, das passt mir wirklich gerade überhaupt nicht. Ich weiß gar nicht, was ich mit deiner Lulu anfangen soll. Sie ist anderswo bestimmt besser aufgehoben.«

»Nein, ist sie nicht«, widersprach Elena energisch. »Du bist mein Lieblingsbruder …«

»Kunststück, ich bin ja auch dein einziger Bruder!«

»… und der zuverlässigste Mensch, den ich kenne. Wem sonst sollte ich sie anvertrauen?«

»Aber …«

»André, hol doch schon mal Lulus Sachen herauf, ja? Dann kann sie sich gleich einleben.«

»Ihre Sachen?«, wiederholte Carsten entsetzt. »Dein Hund hat Sachen?«

Aber natürlich! Glaubt der Mann etwa, ich reise ohne Gepäck?

»Nur ein paar Kleinigkeiten«, antwortete Elena und winkte graziös ab. »Ihr Bettchen, Bürsten und Kämme … du musst sie jeden Tag frisieren, damit ihr Fell nicht verknotet. Ihr Lieblingsfutter natürlich und ihre Spielsachen.«

»Spielsachen?« Carsten wurde es flau im Magen. Als wenig später der Chauffeur mit einem großen, dick gepolsterten Hundebett in Altrosa samt passenden Rüschenkissen hereinkam, wurde er blass. »Das ist doch nicht dein Ernst, oder?«

Elena grinste. »Du solltest es im Schlafzimmer aufstellen. Bei mir hat sie auch immer neben dem Bett geschlafen. Also, wenn ich zu Hause war.«

Ich hoffe, der Herr schnarcht nicht!

»Das geht so nicht, Elena!«

»Bitte, Carsten. Es wird alles ganz toll, das verspreche ich dir.«

André war inzwischen ein weiteres Mal zum Auto gegangen und schleppte nun zwei große Koffer und eine Umhängetasche in die Wohnung. »Wo darf ich abstellen?«, fragte er.

»Einfach ins Wohnzimmer«, bestimmte Elena.

Carsten wollte protestieren, doch ihm fehlten die Worte. Schließlich fand er aber seine Stimme wieder. »Das alles gehört dem Köter?«

Also ich muss doch schon sehr bitten! Köter – das klingt so ordinär! Mein Stammbaum ist exquisit!

»Die Box mit dem Futter fehlt noch«, sagte André mit einem verlegenen Lächeln. »Ich hole sie schnell.« Und schon war er wieder draußen.

Das wird aber auch wirklich Zeit. Mir ist schon ganz schwummrig vor Hunger, und wenn ich nicht regelmäßig fresse, leidet mein Wohlbefinden sehr. Ganz zu schweigen von meiner Verdauung.

»Das Vieh hat ja mehr Gepäck als die Queen!«

»Ach was, das kommt dir nur so vor.« Elena hakte sich bei Carsten ein und küsste ihn auf die Wange. »Ihr beide werdet hervorragend miteinander auskommen, das spüre ich.«

Darf ich mich kurz einmischen? Ich fürchte, das ist eine grobe Fehleinschätzung. Dieser Mann hat mich als Köter und Vieh bezeichnet! Es kann doch wohl niemand von mir verlangen, mit so einem Grobian zusammenzuleben.

»Sie hat schon wieder geknurrt«, beschwerte sich Carsten. »Das geht keine zwei Tage gut, Elena.«

»Doch, wird es.«

»Wenn sich der Hund nicht zu benehmen weiß, kommt er ins Tierheim, verstanden?«

»Nun sei doch nicht so!« Wieder blickte seine Schwester ihn mit ihrem engelhaften Lächeln und Augenaufschlag an.

Na, wunderbar. Ich soll ins Tierheim? Wer benimmt sich denn hier schlecht? Ich ganz sicher nicht. Gibt es vielleicht auch ein Menschenheim? Dorthin gehört dieser Herr ganz eindeutig.

Nachdem André auch noch eine große, ebenfalls altrosafarbene Plastikbox mit Deckel im Wohnzimmer abgestellt hatte, drückte Elena Carsten noch einmal kurz an sich. »Du bist ein großer Schatz, weißt du das?« Sie griff nach ihrem Mantel und warf ihn sich über. »In der Box liegen Lulus Diätplan, ihr Impfpass und ihre Papiere. Ich muss jetzt leider gehen. Titus und ich sind heute bei seinen Eltern zum Dinner eingeladen, und morgen müssen wir für unsere Reise packen. Ich rufe dich an, ja? Mach's gut! Du auch, Schätzelein.« Sie ging noch einmal zu Lulu und drückte ihr einen Kuss auf den Kopf. Dann winkte sie ihrem Chauffeur und rauschte aus der Wohnung.

7. Kapitel

»War das etwa deine Idee?« Elfe-Sieben wandte ihren Blick von dem Bildschirm ab, auf dem sie das Geschehen auf der Erde verfolgt hatte, und sah den Weihnachtsmann neugierig an.

Santa Claus schüttete den Kopf. »Nein, damit habe ich nichts zu tun. Diese Elena ist ganz von alleine auf die Idee gekommen, ihrem Bruder den Hund zu schenken.«

»Sehr begeistert scheint er ja nicht darüber zu sein.«

»Ja, sieht so aus. Aber dieser Eindruck kann auch täuschen. Hätte er den Hund angenommen, wenn er ihn nicht wollte?«

Die kleine Elfe dachte einen Moment lang nach. »Ich weiß nicht. Vielleicht ist er auch einfach nicht gegen seine Schwester angekommen. Sie hat ja ein ganz schönes Temperament, und ein Nein lässt sie wohl nicht gelten.«

Der Weihnachtsmann lehnte sich auf seinem Schreibtischstuhl zurück. »Wie auch immer, er hat den Hund jetzt und muss sich mit ihm arrangieren. Das könnte für uns von Vorteil sein.«

»Natürlich ist es das!«, rief Elfe-Sieben. »Deshalb

dachte ich ja, du hättest deine Finger im Spiel. Wir haben schon oft Hunde als Helfer eingespannt, um Wünsche der Menschen zu erfüllen. Vielleicht klappt das auch diesmal. Hunde sind doch immer sehr hilfsbereit, wenn es um ihre Herrchen und Frauchen geht. Da ist Lulu bestimmt keine Ausnahme.«

Stirnrunzelnd blickte Santa Claus wieder auf den Bildschirm, auf dem sich wieder etwas tat, und runzelte die Stirn. »Hoffentlich hast du recht.«

8. Kapitel

Wie, keine Garnierung? Ein bisschen geschmackvoller könnte man das Dinner aber schon servieren.

Mit gerümpfter Nase näherte Lulu sich ihrem Napf, in den Carsten den Inhalt einer der Futterdosen geleert hatte. Dann sah sie anklagend zu ihm auf.

»Was denn, nun friss schon!« Mit verschränkten Armen blickte er auf den Hund hinab. »Das ist doch das Zeug, das du sonst auch frisst. Garantiert schweineteuer, wie ich meine Schwester kenne. Mal sehen, wo ich den ganzen anderen Krempel unterbringe. Aber eins sage ich dir: Dieses Ungetüm von Körbchen kommt nicht in mein Schlafzimmer.«

Also, so unfreundlich, wie du bisher zu mir warst, lege ich sowieso keinen großen Wert darauf, mit dir in einem Zimmer zu nächtigen. Ich habe schließlich auch meinen Stolz. Zwar bin ich es nicht gewöhnt, alleine zu schlafen, aber das kann ja so schlimm auch nicht sein. Und nun entschuldige mich, ich muss fressen.

»Na endlich«, konstatierte Carsten, als Lulu sich schließlich doch dem Futter in ihrem Napf widmete. Er nahm einen der beiden Koffer und legte ihn auf die Couch. Als er ihn öffnete, stieß er einen entsetzten Laut aus, denn ihm quollen gleich mehrere Plüschtiere, Bälle und anderes Hundespielzeug entgegen. »Das darf doch nicht wahr sein!«, stöhnte er und ließ auch noch den anderen Koffer aufschnappen. Dieser enthielt verschiedene Leinen und Halsbänder, Kämme und Bürsten, Hundeshampoo sowie Hundemäntelchen und -schuhe. »Ich glaube, mein Schwein pfeift.« Ratlos starrte Carsten auf das Sammelsurium, dann ging er achselzuckend zu einer Rattankiste, in der er eigentlich Zeitschriften hatte sammeln wollen, und begann, die Hundesachen hineinzulegen.

Halt, Moment! Mein Püppi und den Teddy brauche ich ganz dringend!

Lulu hatte ihr Mahl bereits verputzt und war neugierig zurück ins Wohnzimmer gegangen. Als sie sah, was Carsten tat, rannte sie zu ihm, nahm ihm eine rosafarbene Puppe aus der Hand und schleppte sie zu ihrem Körbchen, das noch mitten im Raum stand. Dann holte sie sich auch noch den großen, dunkelbraunen Teddybären.

Lass die anderen Sachen gleich da liegen, dann muss ich sie nicht immer suchen.

»Die restlichen Spielsachen packe ich erst mal weg«, bestimmte Carsten. »Ich kann hier nicht alles so herumliegen lassen, dass man darüberfällt.« Entschlossen griff er nach einem blauen Plüschkraken und wollte ihn ebenfalls in die Kiste legen. Doch Lulu sprang auf ihn zu, schnappte sich einen Arm des Kraken und zog knurrend daran. »Hey, was soll das?«

Na, was schon? Das ist Kraki, den muss ich stets griffbereit haben. Wirst du wohl loslassen? Mein Kraki gehört mir!

»Spinnst du?« Carsten, der vor der Kiste in die Hocke gegangen war, fiel hintenüber und landete unsanft auf seinem Allerwertesten. Den Kraken ließ er ebenso wie Lulu jedoch nicht los. »Gib das blöde Ding her, Lulu!«

Auf keinen Fall! Nicht, solange du nicht das Zauberwort sagst.

»Her damit, verflixt noch mal! Das ist ja wohl nicht wahr! Lulu, gib mir das Ding!«

Vergiss es, das ist mein Kraki.

Carsten starrte Lulu wütend in die Augen, und sie erwiderte den Blick ungerührt.

»Lass los!«

Du zuerst.

»Und hör auf, mich anzuknurren.«

Ich wüsste nicht, warum.

»Meine Güte, AUS jetzt!«

Verdammt. Er kennt doch das Zauberwort.

»Na endlich.« Triumphierend drückte Carsten den an einem Ende angesabberten Kraken an sich und legte ihn dann rasch in die Kiste.

Aber das ist mein Kraki! Den darfst du mir doch nicht einfach wegnehmen. Ohne ihn bin ich so eeeiiiinsaaaam! Biiitte, biiiitte gib ihn mir zurühühück!

»Ach du Sch… Was ist denn jetzt los?« Carsten sprang auf die Füße, als Lulu herzzerreißend zu jaulen begann.

Ich bin so trau-au-aurig!

»Heiliger Bimbam, was bist du denn für ein nerviger Köter? Wirst du wohl Ruhe geben! Hier hast du das blöde Krakenviech.« Hastig warf er das Plüschtier Lulu vor die Füße. »Aber nun troll dich gefälligst, damit ich hier weiter aufräumen kann.«

Das Wort Köter verbitte ich mir! Ich bin eine Dame, und als solche habe ich gewisse Ansprüche. Und Kraki ist nun einmal einer davon. Meinetwegen sperr die anderen Spielsachen in die Kiste. Ich werde aber sowieso in nächster Zeit inspizieren, wie man sie öffnet. Bei einem Herrchen wie dir bin ich ja direkt dazu gezwungen. Ich mache jetzt ein kleines Verdauungsschläfchen, und dann muss ich raus.

Hoch erhobenen Hauptes trug Lulu ihr Spielzeug ebenfalls zum Körbchen und legte es zu den anderen. Dann rollte sie sich auf dem dicken Polster zusammen und bette ihren Kopf auf eines der Rüschenkissen.

Carsten beäugte sie argwöhnisch, wandte sich dann aber wieder den beiden Koffern zu, als sie demonstrativ die Augen schloss.

»Wen hast du denn da mitgebracht?« Überrascht beugte sich Inga Heidbrink über die Cockerdame und schob gleichzeitig ihre dunkelrot gefasste Brille auf ihren Kopf. Gewohnheitsmäßig zupfte sie die Ponyfransen ihrer schwarzen Kurzhaarfrisur zurecht. »Die ist aber süß!«

Endlich jemand, der meine Schönheit zu schätzen weiß. Vielen Dank!

»Süß?« Carsten schnaubte. »Eine kleine Nervensäge ist das. Meine Schwester hat sie mir gestern aufs Auge gedrückt, weil sie mit Titus in die Karibik abschwirren will.«

»Und da nimmt sie den Hund nicht mit?«

Carsten seufzte. »Du kennst doch Elena. Sie will immer alles haben und verliert dann irgendwann die Lust daran.«

»Und jetzt hat sie dir den Hund zum Baby- äh Hundesitten gegeben?« Inga lachte.

»Geschenkt hat sie ihn mir«, verbesserte Carsten vergrätzt. »Dabei weiß ich gar nicht, was ich mit ihm anfangen soll.«

Ihr bitte! Ich bin eine Sie.

»Oder vielmehr mit ihr, sie heißt Lulu«, fuhr er fort.

Na bitte, geht doch! Muss man immer erst ungehalten werden?

»Hat sie dich gerade angeknurrt?«

»Natürlich hat sie. Sie kann mich nicht ausstehen. Ich glaube nicht, dass wir Freunde werden«, beschwerte Carsten sich.

»Ach, sie ist bestimmt nur verwirrt, weil ihr Frauchen weg ist«, vermutete Inga und ging vor Lulu in die Hocke. »Nicht wahr, du bist eine ganz Nette und magst unseren Carsten gern.«

Den? Nein, auf gar keinen Fall. Er ist als Herrchen einfach un-er-träg-lich!

»Nanu, was machst du denn für Geräusche? Das klang ja richtig anklagend«, wunderte Inga sich und erhob sich wieder.

»Sag ich doch. Egal, was ich mache, sie jault und mosert oder knurrt mich an.« Carsten hob die Schultern. »Ich lasse sie heute drüben in der Haustierstation, solange ich mit Frau Lamberti unterwegs bin. Ist sie schon da?«

»Ja, sie wartet im Konferenzraum.«

»Wenigstens ist sie pünktlich.«

Inga sah ihn überrascht von der Seite an. »Nanu, was ist denn los? Das klingt ja so unfreundlich.«

»Wir sind ebenfalls nicht die besten Freunde«, antwortete er.

»Ach?« Inga hob die Augenbrauen. »Das wundert mich aber. Ich hätte gedacht, dass ihr genau auf einer Wellenlänge sein müsstet. Sophie ist eine intelligente und sehr sympathische Person, finde ich. Und außerordentlich talentiert. Warte, bis du die Bilder von gestern siehst! Du wirst begeistert sein.«

»Das bezweifle ich«, murmelte Carsten so leise, dass Inga ihn nicht verstehen konnte. Er ruckelte kurz an der Leine, um Lulu dazu zu bewegen, ihm zu folgen.

Ja ja, schon gut. Ich komme schon. Zerr nicht schon wieder an mir herum, das tut doch weh! Da soll noch mal einer sagen, es gäbe schlecht erzogene Hunde. Auf Menschen trifft das viel eher zu, ganz besonders auf diesen hier. Ein einfaches »Komm« hätte auch gereicht. Ich war schließlich auf einer der besten Hundeschulen überhaupt.

»Hör endlich auf, mich anzuknurren«, zischte Carsten in Lulus Richtung, als er ihr voran den Konferenzraum betrat.

Wie soll ich denn sonst meinen Unmut äußern?

»Bin ich froh, wenn ich dich für eine Weile los bin!«

Dito.

»Wie bitte?« Sophie war aufgestanden, als Inga und Carsten den Raum betraten, und blickte überrascht vom Mann zum Hund. »Was haben Sie da gerade gesagt?«

Carsten stöhnte genervt. »Sie habe ich doch gar nicht gemeint. Ich habe mit dem Hund gesprochen.«

Mit gerunzelter Stirn erwiderte Sophie seinen Blick. »Na toll! Glauben Sie, das macht es besser? Was hat der arme Hund Ihnen denn getan?«

Nichts. Aber was nicht ist, kann ja noch werden …

»Das kann ich Ihnen sagen«, fuhr Carsten sie grober an, als er eigentlich vorgehabt hatte. Doch seine Nerven lagen heute Morgen blank. »Der Köter hat mich um meinen Nachtschlaf gebracht. Rannte die ganze Nacht durch die Wohnung, hat gebellt und gejault, die Küche unter Wasser gesetzt, indem er es irgendwie geschafft hat, seinen Napf auszuleeren. Ich könnte ihm den Hals umdrehen.«

Ihr bitte! Wie oft muss ich das noch sagen? Ich bin eine Sie und verlange auch so betitelt zu werden. Und was heute Nacht angeht – es ist mir unsagbar peinlich, aber ich kann einfach nicht alleine in einem Raum schlafen. Immer war Frauchen da, oder ihre Haushälterin hat mich zu sich genommen. Das könnte sich zum Problem auswachsen, denn bei dir darf – und will! – ich auch nicht schlafen. Das ist aber noch lange kein Grund, unhöflich zu werden und mit Mord zu drohen.

Carsten warf Lulu einen bösen Blick zu. »Wenn du noch einmal knurrst, hast du es hinter dir.«

Jetzt erst recht!

»Hören Sie sofort auf, das arme Tier anzuschnauzen!« Sophie blitzte ihn erbost an und nahm ihm die Leine aus der Hand. Nachdem sie auf einem der Stühle beim Konferenztisch Platz genommen hatte, beugte sie sich ein bisschen vor. »Komm mal her, Süße. Du bist ein Mädchen, nicht wahr? Und was für ein Süßes. Wie heißt du denn?«

»Lulu«, brummte Carsten.

Sophie beachtete ihn gar nicht, sondern hielt der Hündin vorsichtig ihre Hand hin, damit diese daran schnuppern konnte. »Lulu, komm her, lass dich mal genau ansehen. Du bist ja wirklich hübsch. Und lieb auch, nicht wahr? Ist der große Mann böse mit dir? Mach dir nichts draus. Er ist eben ein ungehobelter Klotz. Davon kann ich ein Lied singen.«

Inga, die die Szene schweigend beobachtet hatte, stieß einen überraschten Laut aus, unterdrückte jedoch das Lachen, als sie Carstens düstere Miene sah.

»Er sollte ein so braves Mädchen wie dich nicht ausschimpfen, nicht wahr? Wer so was macht, hat dich gar nicht verdient.«

Endlich, endlich ein vernünftiger Mensch! Dich kann ich leiden. Du weißt wenigstens, wie man mit einer Dame umgeht. Bei jemandem wie dir würde ich gerne leben. Du bist sanft und lieb und nicht so ein übellauniger Grobian wie dieser Carsten. Sollen wir Freunde sein? Ich spiele auch mit dir!

Sophie lachte, als Lulu ihr die Hände leckte und an ihr hochzuhüpfen versuchte. »Halt, stopp, nicht so wild, Süße. Wir können hier nicht spielen. Aber vielleicht später?« Sie streichelte Lulu sanft über den Kopf.

Schade. Aber du hast recht, hier ist zu wenig Platz zum Spielen. Lulu ließ sich gehorsam aufs Hinterteil sinken und himmelte Sophie an.

Als Inga sich vernehmlich räusperte, richtete Sophie sich verlegen auf. »Entschuldigung.«

»Ist schon okay.« Die Chefredakteurin winkte lächelnd ab.

Carsten hingegen starrte Sophie sprachlos an. Dann runzelte er die Stirn. »Wie haben Sie das gemacht?«

Fragend sah Sophie ihn an. »Was meinen Sie?«

»Wie haben Sie den Kö... Lulu so schnell zur Ruhe gebracht? Bis jetzt war sie eine absolute Nervensäge.«

»Vielleicht hat sie einfach nur auf eine menschliche Nervensäge reagiert?«, gab sie kühl zu bedenken. »So wie Sie mit ihr umgesprungen sind, ist es ja kein Wunder, wenn sie Sie nicht leiden kann. Die Ärmste ist ja ganz verschreckt.«

»Dass ich nicht lache. Verwöhnt und verzogen ist sie!«

»Nun hören Sie aber auf! Sie sehen doch, dass sie ganz brav ist. Haben Sie überhaupt einen Funken Ahnung von Hunden?«

Carsten zuckte die Achseln. »Nicht die Spur.«

»Warum haben Sie sich dann einen zugelegt?« Irritiert blickte Sophie zu ihm auf.

»Hab ich ja gar nicht. Meine Schwester hat sie gestern bei mir abgeladen. Und ich kann jetzt sehen, wie ich mit ihr fertig werde.«

»Na jedenfalls nicht so wie eben«, befand Sophie.

»Hören Sie, ich habe keine Lust, mir von Ihnen jetzt auch noch ...«

»Kinder, Schluss jetzt«, unterbrach Inga die beiden streng. »Wir haben viel zu tun. Verlegt eure Streiterei auf später. Sophie, zeigen Sie Carsten mal die Bilder, die Sie herausgesucht haben. Ich finde das mit den Kartons voller Weihnachtsschmuck besonders gelungen. Nicht wahr, Carsten? Das sollten wir unbedingt nehmen. Und hier die Fensterbank mit den Weihnachtsstern-Pflanzen auch. Wie war das, die sind nicht gekauft, sondern selbst gezogen? Das müssen wir unbedingt bringen ...«

Für eine Weile beruhigten sich die Gemüter. Lulu beobachtete die drei Menschen noch ein Weilchen, fand das dann aber zu langweilig und rollte sich schließlich vor Sophies Füßen zusammen, um ein Nickerchen zu machen.

»Ich könnte ihn erwürgen, Tessa!« Aufgebracht ging Sophie in Tessas geräumigem Wohnzimmer auf und ab und fuchtelte mit den Händen, um ihren Standpunkt zu unterstreichen. »Nicht nur, dass er sich mir gegenüber immer derart herablassend gibt, dass mir die Galle hochkommt – nein, er stellt den Leuten, die wir interviewen sollen, immer so schrecklich indiskrete Fragen!«

»Aber ist das nicht seine Aufgabe als Journalist?« Tessa saß am Esstisch, die kleine Tatjana im Arm, die leise vor sich hingurrte und immer wieder nach der bunten Glasperlenkette griff, die ihre Mutter um den Hals trug. Der Tisch war hübsch gedeckt, in einer kleinen Schüssel hatte Tessa die ersten selbstgebackenen Plätzchen des Jahres angerichtet.

»Natürlich muss er Fragen stellen«, bestätigte Sophie und blieb stehen. »Aber er könnte ein bisschen feinfühliger vorgehen. Glaubst du wirklich an den Weihnachtsmann oder das Christkind? Das fragt er jedes Kind, ganz gleich, in welche Familie wir kommen. Und dann will er wissen, was sie sich zu Weihnachten wünschen.«

»Was ist schlimm daran?«

»Das kann ich dir sagen!« Sophie griff nach einem der Stühle und riss ihn beinahe unter dem Tisch hervor, um sich zu setzen. »Der Ton macht die Musik. Ich wundere mich, dass noch keines der Kinder in Tränen ausgebrochen ist. Er nimmt ihnen doch damit die letzten Illusionen. Wie kann ich so was einen fünfjährigen Jungen fragen, der mit seinen Eltern und Geschwistern in einer winzigen Sozialwohnung lebt und der vermutlich nicht mal einen Schokoweihnachtsmann zu Weihnachten bekommen wird, weil kein Geld da ist? Der Vater hatte einen schweren Unfall und ist seitdem arbeitslos. Die Mutter hält die Familie mit drei Jobs gerade so über Wasser.«

»Na ja, das war dann vielleicht ein bisschen unglücklich ausgedr…«

»Ich schwöre dir, der macht das extra!«, wetterte Sophie weiter, ohne auf Tessas Worte zu achten. »Ob die Kinder nun arm oder reich sind, jedes Mal kommt er ihnen mit dieser Frage und quetscht sie aus. Dass die Eltern da noch nicht protestiert haben, ist mir ein Rätsel. Anscheinend sind alle nur geblendet von der Idee, mit ihrer Familie in das Magazin zu kommen. Herr Braumann hier, Herr Braumann da, möchten Sie diese alten Fotos sehen oder jenen Baumschmuck, der schon seit Jahrtausenden in unserer Familie vererbt wird …«

»Nun mach aber mal einen Punkt!« Tessa lachte herzlich. »Ich dachte, das ist genau der Grund, weshalb ihr diese Interviews macht. Es geht doch um weihnachtliche Familientraditionen, oder etwa nicht?«

»Ja, sicher, aber muss er sich gleich überall so hofieren lassen? Die tragen ihm ja noch den Stift und das Diktiergerät nach, wenn es sein muss. Vor allem die weiblichen Interviewpartner.«

»A-ha! Nachtigall, ick hör dir trapsen.«

»Was?« Irritiert sah Sophie ihre Schwester an, die wieder herzlich lachte.

»Sind wir ein bisschen eifersüchtig?«

»Wie bitte? Ich und eifersüchtig?« Sophie erstarrte. »Vergiss es, Tessa. Da bist du vollkommen auf dem falschen Dampfer. Ich kann den Kerl nicht ausstehen. Hab ich das nicht schon hundertmal gesagt?«

»Mindestens«, bestätigte Tessa. »Warum regst du dich dann so auf? Es kann dir doch gleichgültig sein, ob die Damenwelt ihn anhimmelt.«

»Ist es mir ja auch. Es geht mir nur auf den Geist, dass

er ständig seinen Charme versprüht, während er mich behandelt wie ein lästiges Insekt.«

»So so.«

»Was so so?«

»Also geht es doch um dich.«

Sophie funkelte Tessa wütend an. »Nein, es geht mir ums Prinzip. Nur, weil wir nicht immer einer Meinung sind …«

»Nicht immer?«

»Also gut, nie. Aber deshalb muss er nicht tun, als sei ich eine Aussätzige.«

»Ich bin sicher, so schlimm ist es gar nicht. Du kannst auch ganz schön garstig sein, wenn dir was gegen den Strich geht, Sophie.«

»Ich hab aber mit dem Mist nicht angefangen.« Sophie griff nach einem der Plätzchen und zerkrümelte es auf ihrem Teller.

»Lass ihn doch einfach links liegen, wenn er so ein nervtötender Patron ist«, schlug Tessa vor.

»Würde ich ja gerne, aber wir müssen doch zusammenarbeiten.« Sophie seufzte resignierend. »Irgendwie muss ich dieses Scheusal ertragen, bis der Auftrag beendet ist. Und wir haben leider erst drei Tage hinter uns.«

Tessa schmunzelte. »Du schaffst das schon. Bezieht sich das Scheusal eigentlich auch auf sein Äußeres? Du hast noch gar nicht gesagt, wie dieser Carsten aussieht. Ich kann mich auch nicht erinnern, schon mal ein Foto von ihm in *Zeitschritte* gesehen zu haben.«

»Weil er selten abgelichtet wird«, antwortete Sophie. »Da scheint er ein bisschen eigen zu sein.« Sie hielt kurz inne. »Und nein, hässlich ist er leider nicht. Im Gegenteil …«

»Ach?« Tessa hob den Kopf.

Sophie zuckte die Achseln. »Er sieht sogar verdammt gut aus. Groß, blond, breitschultrig. Und im Gesicht ist er auch nicht uneben.«

»Also eigentlich genau dein Typ.«

»Nein, Tessa, der nicht!«, brauste Sophie sogleich wieder auf. »Dazu müsste er sich erst mal ganz neue, verbesserte Manieren zulegen. Er ist …« Sie stockte, suchte nach Worten.

»Ja?« Aufmerksam musterte Tessa sie.

»Furchtbar zynisch. Ich hab doch gesagt, dass die Frauen auf ihn fliegen?«

»Überdeutlich.«

»Er macht sich darüber lustig.«

Tessa runzelte die Stirn. »Dir gegenüber?«

»Nein.« Kopfschüttelnd griff Sophie nach einem weiteren Plätzchen. »Er hat immer so einen spöttischen Ton an sich, wenn er mit einer Frau redet. Den meisten fällt das wohl gar nicht auf, weil sie zu sehr damit beschäftigt sind, ihn anzuschmachten. Und dann die Art, wie er seine Fragen formuliert …«

»Ja, das hast du nun ausgesprochen deutlich erklärt.«

»Aber das Schlimmste habe ich noch gar nicht erzählt.«

Überrascht hob Tessa den Kopf. »Ich kann mir nicht denken, dass es noch schlimmer kommen kann.«

»Mach dich nicht lustig!«, beschwerte Sophie sich.

»Nichts liegt mir ferner.«

»Er hat einen kleinen Hund.«

»Ein schweres Verbrechen.« Tessa unterdrückte ein Lachen.

»Nein, das Verbrechen ist, wie er mit der Kleinen umgeht. Lulu heißt sie; ein Cockerspaniel. Seine Schwester hat sie ihm geschenkt, weil sie mit ihrem Lover in die Karibik abgeschwirrt ist oder so. Aber er kann Hunde überhaupt nicht leiden und behandelt das arme Tier ganz furchtbar. Dauernd schimpft er mir ihr, und sie knurrt und bellt ihn an. Es ist kaum mit anzusehen.«

»Nimmt er den Hund denn mit zur Arbeit?«

»Ja.« Sophie griff nach ihrer Kaffeetasse und trank

einen Schluck. »Er bringt sie mit in die Redaktion. Da gibt es so eine Haustierstation, damit die Mitarbeiter des Magazins ihre Tiere nicht alleine zu Hause lassen müssen. Drei Tierpfleger kümmern sich um die Hunde, Katzen und Meerschweinchen und was sonst noch so kreucht und fleucht.«

»Das ist aber ziemlich fortschrittlich.«

»Ja, natürlich. Die Tierstation liegt gleich neben der Kindertagesstätte, und die Kids dürfen wohl auch mit den Tieren spielen.«

»Wow, ein Traum!«

»Schon.« Sophie nickte vage. »Vor einer Weile wurde das Magazin für dieses Modell sogar ausgezeichnet. Aber wenn du wüsstest, wie er mit der armen Lulu umspringt, würdest du ihr wünschen, dauerhaft in der Tierstation bleiben zu dürfen. Dabei ist sie total süß und lieb und gehorcht aufs Wort. Na ja, zumindest bei mir.«

»Vielleicht müssen die beiden sich erst aneinander gewöhnen.«

»Das wird nie was!«

»Schließt du von dir auf den Hund?«

Sophie verschränkte die Arme vor der Brust. »Es ist einfach kein Auskommen mit ihm. Und Männer, die keine Tiere mögen, gehen mir doppelt gegen den Strich.« Sie sah sich um. »Wo steckt eigentlich euer Ruprecht?«

»Lukas und Tom sind mit ihm spazieren gegangen«, erklärte Tessa. »Bei dem Regenwetter kommen sie bestimmt klitschnass zurück – alle drei.« Sie lachte.

Sophie lächelte beim Gedanken an den quirligen Jack Russell Terrier Ruprecht und lenkte das Gespräch sogleich auf ihn und ihren Neffen Lukas. Über Carsten Braumann hatte sie sich heute wahrhaftig genug aufgeregt.

9. Kapitel

Als Sophie am frühen Abend ihre kleine Wohnung betrat, sah sie schon von weitem, dass das Lämpchen ihres Anrufbeantworters blinkte. Sie hatte während des Besuchs bei ihrer Schwester ihr Handy ausgeschaltet und auf Rufumleitung umgestellt, damit alle Anrufe bei ihr zu Hause ankamen. Es war Freitagabend, deshalb hoffte sie sehr, der Anruf sei privater Natur. Doch sie wurde enttäuscht. Kaum hatte sie das Knöpfchen zum Abspielen der Nachrichten gedrückt, als auch schon Carstens Stimme erklang.

»Sophie? Verflixt, warum gehen Sie denn nicht ans Handy? Sie sollten ständig erreichbar sein, wissen Sie das nicht? Was soll's! Inga hat den Redaktionsschluss für unseren ersten Artikel auf Sonntag vorverlegt. Wir müssen also morgen daran arbeiten, um fertig zu werden. Ich bin allerdings den ganzen Samstag anderweitig beschäftigt und habe erst gegen Abend Zeit. Kommen Sie am besten um achtzehn Uhr bei mir vorbei, dann können wir der Sache den letzten Schliff geben. Ich wohne in der Goldbachstraße 30, zweiter Stock.« Es piepste.

»Der Sache den letzten Schliff geben?« Sophie runzelte die Stirn. Sie wusste, dass er von dem Artikel sprach. Warum also hatte sie das Gefühl, er mache sich schon wieder über sie lustig?

»Sophie? Fast hätte ich es vergessen. Mögen Sie Pizza mit allem drauf? Falls nicht, müssen Sie sich selbst was zu essen mitbringen.«

Irritiert starrte Sophie ihren Anrufbeantworter an, der erneut piepste. Ratlos strich sie sich eine Haarsträhne hinters Ohr. Sie verspürte nicht die geringste Lust, den Samstagabend in Gesellschaft dieses Mannes zu verbringen. Hatte sie nicht Besseres vor?

Seufzend ging sie ins Bad und schälte sich aus ihren Kleidern, um sich eine heiße Dusche zu gönnen. Nein, leider hatte sie morgen Abend tatsächlich nichts anderes vor. Und selbst wenn, es handelte sich ja nicht um ein Date – Gott bewahre! –, sondern um ein Arbeitstreffen. Da konnte sie schlecht absagen.

»Pizza mit allem drauf …«, murmelte sie, als das Wasser in einem angenehm warmen Strahl auf sie herabprasselte. Den Gedanken, dass das die erste Sache zu sein schien, die sie beide mochten, verdrängte sie sogleich, ebenso wie den Impuls, aus reiner Sturheit etwas anderes zum Essen einzupacken.

»Meinst du nicht, dass der Schuss nach hinten losgehen könnte?«, fragte Arthur Mondoli, der Leiter der Verpflegungsstation für Obdachlose und sozial benachteiligte Familien, die Carsten vor einiger Zeit gegründet hatte. Ursprünglich war die Einrichtung eine reine Suppenküche gewesen, bis er sie der Stadt abgekauft hatte. Inzwischen gab es auch kostenlose Unterkünfte für die Obdachlosen der Umgebung, ein Jobcenter und eine Rechtsberatung. Für Carsten war die Station ein Pilotprojekt, deshalb hatte er sich dafür zunächst eine kleine Stadt ausgesucht. War das Projekt mittelfristig erfolgreich, wollte er weitere Stationen in anderen Städten eröffnen. In seiner Freizeit half er denn auch hin und wieder selbst dort aus, allerdings blieb er anonym, denn er wollte nicht als großer Wohltäter öffentlich gefeiert werden. Lediglich Arthur und dessen Familie wussten, wer er wirklich war – und sie hatten ihm einen Eid schwören müssen, es niemandem zu verraten.

Mit dem zehn Jahre älteren Arthur und dessen fünfköpfiger Familie verband Carsten mittlerweile eine enge

Freundschaft. Der Halbsenegalese mit den langen Rastalocken wirkte weit jünger, als er war. Heute trug er statt seiner üblichen legeren Kleidung einen formellen grauen Anzug, denn er hatte Carsten zu verschiedenen neuen Sponsoren begleitet. Jetzt schälte er sich rasch aus dem teuren Dreiteiler, um ihn gegen ein Sweatshirt, Sportschuhe und eine Jeans auszutauschen. Währenddessen redete er weiter auf Carsten ein: »Versteh mich nicht falsch, was du da vorhast, ist ja sehr lobenswert und wird bestimmt vielen Familien große Freude bereiten. Aber wäre es nicht besser, du würdest das Ganze von Anfang an öffentlich machen? Ich könnte mir vorstellen, dass sich ein paar Leute ganz schön auf den Schlips getreten fühlen, wenn du sie einfach übergehst.«

»Keine Sorge, das habe ich schon im Griff.« Lässig winkte Carsten ab. »Ich will keine Publicity, das würde mir doch den Überraschungseffekt ruinieren. Versprich mir nur, dass du mir hilfst, indem du mir alles, was dir zu Ohren kommt, gleich meldest, okay? Und vergiss nicht, dass ich morgen mit unserer neuen Starfotografin Sophie hier aufschlagen werde, um die ersten Adventsvorbereitungen der Station in Wort und Bild festzuhalten. Kein Mucks darüber, wer ich bin und dass mir die Station gehört!«

»Ja, schon klar.« Arthur zwinkerte ihm zu, verzog dann aber leicht besorgt die Mundwinkel. »Sag mal – Starfotografin … du sagst das in so merkwürdigem Ton. Stimmt etwas nicht mit ihr?«

»Mit Sophie?« Carsten zuckte die Achseln. »Was soll nicht mit ihr stimmen? Abgesehen davon, dass sie eine Nervensäge ist, ständig alles besser weiß und mich für einen Großkotz hält.«

»Einen was?« Verblüfft hob Arthur den Kopf, dann lachte er. »Du machst Witze.«

»Nicht im Geringsten. Großkotz war exakt das Wort,

das sie mir an den Kopf geworfen hat. Und das war noch eine der freundlicheren Bezeichnungen, die sie bisher für mich übrig hatte.«

»Du scheinst sie ja auch nicht gerade zu mögen«, stellte Arthur fest.

»Die nervtötende Schnepfe? Ich könnte sie auf den Mond schießen!« Zwischen Carstens Augen erschien eine steile Zornfalte. »Das hätte ich vermutlich auch schon längst getan, wenn sie nicht so eine verdammt gute Fotografin wäre. Stattdessen muss ich zusehen, dass ich irgendwie mit ihr auskomme, bis diese Artikelserie im Kasten ist.« Er warf einen kurzen Blick auf seine Armbanduhr. »Verdammt, in einer Stunde steht sie bei mir auf der Matte. Ich muss los.«

»Du triffst dich mit ihr?« Arthur hob die Augenbrauen.

»Rein beruflich«, erklärte Carsten rasch. »Inga hat den Redaktionsschluss vorverlegt, da blieb mir nichts anderes übrig. Ich hoffe bloß, es gibt im Verlauf des Abends keine Toten.

»So schlimm?«

»Schlimmer.« Carsten winkte ab. »Eigentlich reicht mir ja schon ein zickiges Frauenzimmer im Haus.«

Arthur lachte. »Du meinst Lulu? Führt sie sich noch immer so schlimm auf?«

»So einen verwöhnten und überspannten Hund hast du noch nicht gesehen. Gestern hat es doch so schlimm geregnet, da hat sie glatt getan, als wolle ich sie foltern, als ich mir ihr rausging. Ich musste sie eine Viertelstunde trockenföhnen, bevor sie aufgehört hat, zu winseln. Und trotzdem war sie danach den gesamten Nachmittag beleidigt.«

»Beleidigt – ein Hund?«

»Wenn ich es dir sage!« Carsten schnaubte. »Jetzt muss ich aber wirklich los. Wir sehen uns!«

»Mach's gut, mein Freund.« Arthur klopfte ihm zum

Abschied freundschaftlich auf die Schulter. »Und keine Sorge, dein Geheimnis ist bei uns sicher.«

Endlich kommst du zurück! Wie lange soll ich denn bitte noch warten? Ich muss mal, aber schnell.

»Hey, was soll das denn? Komm sofort zurück!« Carsten hatte gerade die Tür aufgeschlossen, als Lulu sich jaulend und bellend durch den Türspalt zwängte und die Treppe hinabschoss. Eilig legte er die große Pappschachtel mit der Pizza auf der Ablage im Flur ab und hastete hinter dem Hund her.

Lulu war bereits an der Haustür angekommen und kratzte wild daran herum.

Mach schon auf, es drückt ganz arg. Ich kann doch hier keinen peinlichen Unfall haben!

Ohne weiter nachzudenken, öffnete Carsten die Tür. Lulu wischte hinaus und rannte in großen Sätzen zu der kleinen Rasenfläche vor dem Haus.

Oh, danke! Das wäre beinahe schiefgegangen.

Carsten beobachtete Lulu stirnrunzelnd. »Liebe Zeit, hätte das jetzt nicht noch einen Moment warten können?«

Nein, hätte es nicht.

»Ich wollte ja früher zu Hause sein, aber der letzte Termin hat sich verzögert.« Irritiert hielt Carsten inne. »Was rede ich denn da? Als ob der Hund auch nur ein Wort verstehen würde. Warum spreche ich überhaupt mir ihm?«

IHR! Weil es höflich ist? Aber was weißt du schon von guten Manieren? Im Übrigen verstehen wir Hunde mehr, als ihr Menschen glaubt. Das würdest wiederum du begreifen, wenn du mehr auf mich hören würdest. Aber warum gebe ich mir überhaupt Mühe? Dieser Mann ist als Hundeherrchen derart ungeeignet, dass es jeder Beschreibung spottet.

»Los jetzt, rein mir dir! Wir erwarten in Kürze Besuch, und ich muss noch ein paar Dinge vorbereiten.«

WIR erwarten Besuch? Das ist ja was ganz Neues. Ich dachte, ich gehöre nicht dazu? Du bist doch nicht etwa doch lernfähig?

»Komm schon, husch husch! Ich habe nicht ewig Zeit!«

Pfff, hab mich wohl doch getäuscht. Aber gut, ich will mal nicht so sein. Immerhin hat man mich gut erzogen, und ... Moment! Den Geruch kenne ich doch, wo kommt der her? Das ist doch ... Ja, genau, das ist Sophie! Hallo, Sophie, oh, ich muss dich sofort begrüßen. Wo kommst du denn her? Sag bloß, du bist unser Besuch? Der Abend ist gerettet! Endlich ein netter Mensch mit Verstand.

Mit lautem Freudengeheul sauste Lulu durch das offenstehende Gartentor des Mehrfamilienhauses und steuerte auf Sophie zu, die gerade ein Stück weiter die Straße hinunter ihr Auto geparkt hatte und ausgestiegen war.

»Halt, stopp, wo willst du denn hin? Bleib stehen!« Erschrocken lief Carsten der Hündin ein paar Schritte nach, bis er sah, was Lulus Freudenausbruch ausgelöst hatte. Als er Sophie erkannte, war er einerseits erleichtert, dass Lulu nicht einfach auf jemand Wildfremden losgegangen war, andererseits spürte er einen unangenehmen Stich, der auf keinen Fall etwas mit Eifersucht zu tun hatte. Nein, er ärgerte sich, dass der Hund einfach nicht gehorchte! »Kommst du wohl zurück, du verrücktes Vieh!«, rief er und hatte gleichzeitig das Gefühl, sich lächerlich zu machen, denn Lulu ignorierte ihn vollständig.

Sophie war derweil in die Hocke gegangen und ließ es sich lachend gefallen, dass Lulu ihr Gesicht und Hände ableckte und sie in ihrem Freudentaumel beinahe umwarf. Sie trug wieder ihren blauen Mantel mit dem bunten Schal und darunter, soweit er sehen konnte, ein knielanges, schwarzes Wollkleid mit einem weinroten

Gürtel. Ihre braunen Haare hatte sie hochgesteckt, an den Ohren baumelten phantasievolle Gebilde in der Farbe ihres Gürtels.

Bei ihrem Anblick spürte Carsten einen erneuten Stich, diesmal jedoch in den Eingeweiden, der ihn nur noch mehr aufbrachte.

»Wollen Sie sich vielleicht mit dem Hund in einer der Pfützen wälzen?«, sagte er, noch bevor er darüber nachdenken konnte.

Sophies Kopf ruckte hoch, ganz langsam erhob sie sich. »Wie war das bitte?«

Er winkte ab. »Vergessen Sie es.«

»Mhm.«

Er sah ihr an, dass sie ihn genau verstanden hatte, doch er äußerte sich nicht weiter dazu. Das fehlte ihm noch – dass ihm seine Hormone in die Quere kamen. Nicht bei dieser Frau, so etwas würde er sich auf keinen Fall antun!

»Kommen Sie rein! Ich bin selbst gerade erst nach Hause gekommen«, wechselte er das Thema und bedeutete ihr, ihm zu folgen. Da Lulu sich an Sophies Seite hielt und sie wieder einmal anhimmelte, achtete er nicht weiter auf die Hündin. Stattdessen bemühte er sich, seine unplanmäßige Reaktion auf seine Besucherin unter Kontrolle zu bringen und seine Selbstbeherrschung zurückzugewinnen.

»Hier wohnen Sie?« Mit hochgezogenen Augenbrauen sah Sophie sich in Carstens Wohnung um.

»Noch nicht lange«, antwortete er, während er sich den Pizzakarton schnappte und in die Küche trug. »Ist etwas daran auszusetzen?«

Sophie folgte ihm und streifte dabei ihren Mantel ab. Überrascht konstatierte sie, dass er ihr das Kleidungsstück sogleich abnahm und ordentlich auf einen Bügel an der Garderobe hängte. Als er in die Küche zurückkehrte, antwortete sie: »Das habe ich nicht gesagt. Es wirkt nur alles so neu und … ordentlich.«

»Nicht jede Junggesellenbude gleicht einer Räuberhöhle. Es mag Sie überraschen, aber ich weiß zufällig, wie man einen Staubsauger und einen Wischmopp benutzt.«

»Ich wollte Sie nicht beleidigen.« Sophie verschränkte die Arme.

Er bedachte sie mit einem bezeichnenden Blick. »Das wäre dann wohl eine Premiere.«

»Haben Sie mich hergebeten, um mit mir zu streiten oder um zu arbeiten?«

Carsten erwiderte ihren herausfordernden Blick für einen langen Moment, dann zuckte er die Achseln. »Letzteres. Möchten Sie gleich etwas essen oder lieber später?«

»Später, wenn es Ihnen nichts ausmacht. Sie müssen mich auch nicht einladen. Lassen Sie uns den Artikel fertigstellen, umso schneller bin ich wieder daheim und kann mich meinem Wochenende widmen.«

Mürrisch nickte Carsten ihr zu. »Da sind wir ausnahmsweise mal einer Meinung. Wie schön!«

Sophie merkte bei seinem neckenden Tonfall auf und musste sich ein Grinsen verkneifen. »Gewöhnen Sie sich lieber nicht daran. Aller Wahrscheinlichkeit nach hält dieser Zustand nicht länger als ein paar Minuten an.« Sie sah sich in der Küche um, die ebenso wie die übrige Wohnung nagelneu ausgestattet war. »Schöne Einrichtung übrigens. Benutzen Sie sie auch mal zu etwas anderem als dem Aufwärmen von Pizza?«

»Glauben Sie, ich habe mehrere Tage mit Ausmessen, Zusammenstellen und schließlich Aufbauen zugebracht, um danach nur den Staub von den Oberflächen zu wischen?« Carsten schüttelte den Kopf. »Hier wird durchaus gekocht und gebacken.«

»Gebacken?« Sophie hob skeptisch eine Braue.

Carsten lächelte selbstsicher. »Sie sollten mal meinen Weihnachtsstollen versuchen. Und meine Plätzchen sind eine einzige Sünde. In der Küche zu stehen ist für mich eine sehr entspannende Freizeitbeschäftigung. Allerdings nicht, wenn ein Redaktionsschluss vorverlegt wurde. Aber wenn ich genug Zeit habe, bekoche ich gerne Familie und Freunde.«

»Tatsächlich.« Sophie war überrascht und zeigte dies auch, konnte sich jedoch einen Seitenhieb nicht verkneifen. »Sie haben Freunde? Ich dachte, dass Sie mit Ihrem sonnigen Gemüt Ihre Mitmenschen eher in die Flucht schlagen. Na ja, mal abgesehen von den Damen, die Ihnen auf Schritt und Tritt zu Füßen liegen.«

Carsten kräuselte die Lippen. »Tun sie das?«

»Unübersehbar. Anwesende natürlich ausgeschlossen. Man muss aufpassen, dass man nicht über sie stolpert.«

»Wie schmeichelhaft.«

»Das ist Ansichtssache.« Sophie zuckte die Achseln.

Carsten nickte. »Vermutlich. Im Übrigen gelte ich unter meinen Freunden als angenehmer Gesellschafter, ob Sie es nun glauben oder nicht.«

Sophie lächelte schmal. »Sie wissen schon, dass Eigenlob stinkt?«

»Das war kein Eigenlob, sondern eine Feststellung. Es gibt durchaus Menschen, die mich als Freund schätzen, ebenso wie es die umgekehrt vermutlich auch in Ihrem privaten Umfeld geben dürfte.«

»Vermutlich?«

»Ich denke doch. Andernfalls müsste ich annehmen, dass Sie die Sorte schräge Künstlerin sind, die sich von der Welt abschottet und nur mit Tieren und Blumen kommuniziert.«

»Wie bitte?«

»Zumindest mit Lulu scheinen Sie ja blendend auszukommen.«

Moment mal, was habe ich damit zu tun?

»Und daraus schließen Sie, dass ich nur mit Tieren gut auskomme?«

Carsten stieß ein trockenes Lachen aus. »Daraus schließe ich überhaupt nichts. Verdrehen Sie mir nicht die Worte im Mund.«

»Tue ich ja gar nicht. Sie haben damit angefangen. Und wenn ich Sie darüber informieren darf: Ich besitze eine ganz beachtliche Anzahl von guten Freunden.«

»Schön für Sie.«

»Ist es auch.« Sophie schob das Kinn beinahe trotzig vor. »Sie allerdings gehören nicht dazu.«

»Ach nein, was für eine Überraschung.« Carsten trat einen Schritt auf sie zu. Seine Augen hinter den dezenten Brillengläsern funkelten verärgert. »Soll ich Ihnen was sagen? Sie stehen auch nicht unbedingt ganz oben auf der Liste der Menschen, mit denen ich bevorzugt meine Zeit verbringe.«

Für einige Sekunden verhakten sich ihre Blicke ineinander. Je länger sie einander gegenüberstanden, desto aufgeladener wurde die Atmosphäre. Sophie spürte direkt das Knistern zwischen ihnen. Noch ein paar Sekunden mehr, und sie würden einander in der Luft zerreißen. Seltsamerweise wanderte ihr Blick genau bei diesem Gedanken für einen kurzen Moment hinab zu Carstens Mund, glitt jedoch sogleich wieder zurück. Erschrocken stellte sie fest, dass auch seine grauen Augen sich bewegten. Kurz, aber eindeutig wanderte sein Blick über ihr Gesicht nach unten zu ihren Lippen und wieder zurück zu ihren Augen. Sophie spürte eine ungewohnte Hitze in sich aufsteigen und wandte den Blick rasch ab, um abzubrechen, was auch immer sich da gerade auflud. »Da das nun geklärt wäre, sollten wir allmählich mit der Arbeit beginnen, meinen Sie nicht?«, brachte sie mit leicht brüchiger Stimme hervor.

Carsten räusperte sich vernehmlich. »Das sollten wir

wohl. Gehen wir rüber ins Wohnzimmer. Ich hole nur rasch meinen Laptop. Haben Sie Ihre neuesten Bilder dabei?«

»Auf einem Speicher-Stick in meiner Manteltasche«, bestätigte Sophie und ging in den Flur, um den USB-Stick zu holen.

Carsten folgte ihr auf dem Fuß, und Sophie wurde das Gefühl nicht los, dass er sie erneut anstarrte.

Im Wohnzimmer nahm sie auf der Couch Platz und wartete, bis Carsten seinen Laptop aus einem Nebenzimmer geholt hatte, dass offenbar als Arbeitszimmer diente.

»Na toll, mach's dir nur bequem«, brummte er sichtlich verstimmt, als er sah, dass Lulu sich wieder einmal auf einem der Sessel niedergelassen hatte.

Merci. Wenigstens diese Annehmlichkeit bietest du mir. Du hast sowieso auf der Couch viel mehr Platz, selbst wenn Sophie auch darauf sitzt.

»Was haben Sie denn? Wenn Sie nicht wollen, dass Lulu auf den Sessel springt, untersagen Sie es ihr doch.« Verwundert blickte Sophie zu Carsten auf, der gerade den Laptop auf dem Couchtisch abstellte.

Er schnaubte. »Und dann höre ich mir den Rest des Abends ihr Gewinsel an? Das fehlt mir noch.« Er ließ sich neben ihr auf der Couch nieder.

Sophie rückte rasch ein Stück beiseite, um ihm nicht zu nah zu kommen. Gleichzeitig schalt sie sich ein dummes Huhn. Doch so ganz war die Spannung von eben noch nicht verflogen, und sie wollte nicht riskieren, dass sie sich wieder verstärkte. Wer wusste schon, wohin das sonst führen mochte!

»Davon lassen Sie sich beeindrucken?«, hielt sie an dem, wie sie hoffte, unverfänglichen Thema fest. »Dann hat Lulu Sie aber schon ganz schön im Griff.«

Ich soll Carsten im Griff haben? Schön wär's, Sophie! Weißt du, wie hart umkämpft dieser Sessel ist? Den habe ich mir redlich verdient, wenn man bedenkt, was ich mit diesem Mann bisher alles erdulden musste.

»Ach, finden Sie?« Carstens Ton war sofort wieder gereizt. »Dann leben Sie mal mit diesem überspannten Vieh zusammen. Da würden Sie Ihr blaues Wunder erleben.«

Also, ich muss doch sehr bitten! Siehst du, Sophie, was ich mitmache? Vieh! Wann hört er endlich auf, mir beleidigende Namen zu geben?

Da Lulu leise geknurrt hatte, sah Carsten sie wütend an. »Und dann das. Haben Sie gehört? Ich muss nur den Mund aufmachen, schon knurrt sie mich an. Ich weiß nicht, was meine Schwester sich dabei gedacht hat, Lulu ausgerechnet hier abzuladen.«

»Das frage ich mich allerdings auch.« Sophie musste ein Lachen unterdrücken, schaffte es jedoch nicht ganz.

Sogleich traf sie Carstens finsterer Blick. »Machen Sie sich ruhig lustig.«

»Sie haben es ja auch wirklich nicht besser verdient.« Sophie kicherte. »Dabei ist Lulu doch ganz brav und gut erzogen. Nicht wahr, mein Mädchen?«

Selbstverständlich, Sophie.

»Lulu, komm her.«

Aber natürlich, Sophie, sofort. Da bin ich schon.

Lulu war mit einem Satz vom Sessel gesprungen und setzte sich mit aufmerksam erhobenem Kopf vor Sophie hin.

»Sehen Sie?« Triumphierend lächelte Sophie Carsten zu. »Lulu, mach Platz.«

Aber gerne.

Die Hündin legte sich artig zu Sophies Füßen und wartete auf weitere Anweisungen.

»Braver Hund.« Liebevoll streichelte Sophie Lulu über den Kopf und kraulte sie kurz hinter den Ohren. Dann wandte sie sich wieder Carsten zu. »Also, wo liegt das Problem? Ich höre kein Winseln.« Sie hielt kurz inne. »Los, versuchen Sie es selbst. Aber in freundlichem Ton, nicht so ruppig. Und machen Sie klare Ansagen.«

»Sind Sie jetzt auch noch Hundeflüsterin?« Carsten verzog gleichzeitig skeptisch und misstrauisch die Lippen.

Aus seinem Tonfall schloss Sophie, dass ihm die Situation ein wenig peinlich war. Sie lächelte in sich hinein. Geschah ihm recht. »Ganz und gar nicht. Aber meine Schwester besitzt einen ziemlich frechen Jack Russell Terrier. Da lernt man schnell, wie man mit Tieren umgehen muss, damit sie einem nicht auf der Nase herumtanzen.«

Also das würde ich doch nie machen! Oder, na ja, zumindest nicht bei dir, Sophie. Du bist aber auch viel netter und vernünftiger als mein Herrchen.

»Und nun wollen Sie diese Weisheit mit mir teilen?«

Sophie hob die Schultern. »Versuchen Sie es. Es tut auch nicht weh.«

»Haha.« Carsten verschränkte die Arme vor der Brust, seufzte dann aber resignierend. »Also gut, damit Sie Ruhe geben.« Er räusperte sich. »Lulu, komm her.«

Huch, ähm, ja, natürlich. Wenn du willst.

Flink sprang Lulu auf die Füße und ging außen um den Tisch herum auf Carsten zu. Dicht vor ihm blieb sie stehen.

Carsten runzelte die Stirn. »O-kay … Sitz.«

Kaum hatte er das Wort ausgesprochen, da ließ sich Lulu bereits auf ihr Hinterteil sinken.

Verlegen fuhr Carsten sich mit der Hand durch die Haare. »Ähm, Platz.«

Bitte sehr. Du kannst ja doch ganz manierlich mit mir sprechen. Warum nicht gleich so?

»Ich schwöre, das macht sie nur, weil Sie da sind«, erklärte Carsten sichtlich verunsichert.

»So ein Unsinn! Sie muss nur genau wissen, was Sie

von ihr wollen. Sie schimpfen ja bloß dauernd mit ihr. Los, loben Sie Lulu mal richtig.«

»Loben?«

»Streicheln, was Nettes sagen … Sie haben überhaupt keine Ahnung von Hunden, oder?« Sophie schüttelte den Kopf. »Lulu, komm zu mir.«

Artig stand Lulu auf, doch diesmal quetschte sie sich an Carstens Beinen vorbei die wenigen Schritte zu Sophie, die ihr zulächelte und sie wieder sanft streichelte. »So ist's brav, Lulu. Du bist eine ganz Liebe, nicht wahr? Lass dich mal so richtig knuddeln.« Sophie klopfte leicht gegen ihren Oberschenkel. »Hoch, Lulu!«

Auf deinen Schoß? Soll ich wirklich? Also gut, ich versuch's mal.

Die Hündin zögerte kurz, doch als Sophie ihr Kommando wiederholte, stellte sie sich auf die Hinterbeine und legte sich mit den Vorderpfoten über Sophies Schoß.

Richtig so?

»Brav, Lulu. So lässt es sich doch viel besser schmusen, nicht wahr?« Sophie kraulte die Hündin ausgiebig hinter den Ohren, drückte ihr einen Kuss auf den Kopf und knuddelte sie.

Hm, ja, das ist schööön. Mehr bitte!

Sprachlos beobachtete Carsten Sophie, bis sie den Kopf hob. »Und jetzt Sie.«

»Ich?«

Sophie verdrehte die Augen. »Nun stellen Sie sich nicht so an. Streicheln Sie Lulu mal.« Als er noch immer nicht reagierte, nahm sie einfach seine Hand und legte sie Lulu auf den Rücken. »Sie sind ja ganz schön verkorkst«, stellte sie fest.

»Ich bin was?« Er starrte sie verblüfft an, streichelte aber automatisch über das seidige Fell der Hündin.

Oh, das fühlt sich auch nicht schlecht an.

Sophie grinste feixend. »Wenn Sie sich auch sonst so

unbeholfen anstellen, wundert es mich nicht, dass Sie noch Single sind.«

Carstens Blick flackerte. »Wer sagt, dass ich noch Single bin?«

»Also kommen Sie, das sieht ein Blinder mit Krückstock.« Sie machte eine vage Handbewegung, die den Raum und die gesamte Wohnung mit einschloss.

»Vielleicht will ich es nicht anders?«

»Ja, wahrscheinlich«, antwortete sie sarkastisch. »Ein Glück für die Frauenwelt.«

Er runzelte die Stirn. »Sie halten mich also für unbeholfen?«

Sophie zuckte die Achseln. »Das ist vermutlich noch eine Ihrer angenehmeren Eigenschaften.«

»Sie sind ganz schon überheblich.« Er musterte sie eingehend, so dass ihr schon wieder unnatürlich warm wurde.

Sie überspielte ihre Reaktion jedoch sogleich. »Das hat mit Überheblichkeit nicht das Geringste zu tun. Ich weise Sie nur auf Ihre charakterlichen Defizite hin.«

»Und das mit Ausdauer.«

»Jemand muss es ja tun.« Erneut hob sie die Schultern.

»Und wenn ich Ihnen nun entgegnete, dass ich mich selbst keinesfalls als unbeholfen betrachte?« Herausfordernd fing er ihren Blick auf und hielt ihn gefangen.

Sophie spielte unbewusst mit einem Löckchen von Lulus Fell. »Dann würde ich antworten, dass nun Sie der Überhebliche in diesem Raum sind und ich Ihnen das ohne Beweise nicht glauben werde. Sehen Sie, und damit haben Sie sich selbst schachmatt gesetzt.«

»Habe ich das?« Seine Stimme hatte sich leicht gesenkt und enthielt nun einen spöttischen Unterton, den Sophie nicht sofort einordnen konnte.

»Jawohl, haben Sie«, erwiderte sie unbeirrt, denn etwas musste sie darauf sagen. »Die Beweise werden Sie mir nämlich schuldig bleiben, da Sie in meiner Gegenwart Ihre eingebildeten Qualitäten ganz sicher nicht zum Einsatz bringen werden. Thema beendet.«

»Also gut.« Carstens Blick hatte sich gefährlich verdunkelt, und Sophie machte sich bereits auf seine Retourkutsche gefasst. Stattdessen zog er seine Hand zurück, die die ganze Zeit auf Lulus Rücken gelegen hatte. »Lulu, runter da.«

Huch, ja, sofort.

Gehorsam stellte Lulu sich wieder auf ihre vier Füße und trollte sich.

Überrascht blickte Sophie dem Hund nach und erschrak, als Carsten sie unvermittelt an den Schultern fasste und zu sich heranzog. »Hey, was wird das?«

»Sie haben es herausgefordert, Sophie.«

»Was? Gar nichts habe ich! Was haben Sie vor?« Sophie riss die Augen auf, als Carsten ihr plötzlich so nahe kam, dass sie seinen Atem über ihre Wange streichen spürte.

»Ich liefere Ihnen den geforderten Beweis«, raunte er. Ehe sie reagieren konnte, hatte er seine Lippen auf die ihren gepresst.

Sophie stieß einen überraschten Laut aus und spürte gleichzeitig, wie sich ihr Blutdruck drastisch erhöhte. Sie versteifte sich im ersten Impuls, doch davon ließ sich Carsten nicht abhalten. Sanft und fest zugleich glitten seine Lippen über ihren Mund, bis sie mehr instinktiv als bewusst nachgab und ihm unmerklich entgegenkam. Sofort verstärkte sich der Druck seiner Lippen. Sie rang nach Atem, und sogleich spürte sie seine Zungenspitze über ihre Unterlippe gleiten.

Sophies Herz trommelte unkontrolliert gegen ihre Rippen. Ohne es zu bemerken, hatte sie die Augen geschlossen und erwiderte den Kuss, der von Sekunde zu Sekunde leidenschaftlicher wurde. Carstens Hände glitten von ihren Schultern hinab über ihre Oberarme und wieder zurück. Dann fühlte sie seine Finger in ihrem

Nacken und gleichzeitig einen heftigen Schauer, der sie durchzuckte und eine Gänsehaut hinterließ.

Abrupt löste Carsten sich von ihr. Heftig hob und senkte sich sein Brustkorb. Seine grauen Augen waren unverwandt auf sie gerichtet; sein Blick war noch immer gefährlich dunkel. »Reicht das fürs Erste als Beweis aus?«

Sophie schluckte und versuchte, sich wieder unter Kontrolle zu bringen. Sie musste sich jedoch räuspern, bevor ihre Stimme ihr wieder gehorchte. »Ich denke, das war ausreichend, ja.«

»Und?« Herausfordernd blickte er sie an.

»Was und?« Noch immer klopfte ihr Herz unnatürlich schnell, und sein intensiver Blick half nicht gerade, diesen Zustand zu verändern.

»Revidierst du deine Einschätzung meiner … Qualitäten?«

Sophie biss sich auf die Lippen, rückte jedoch vorsichtshalber ein Stück von ihm ab. »Sagen wir, ich würde sie nicht direkt als unbeholfen bezeichnen.«

»Sondern?« Abwartend legte er den Kopf schräg.

Nervös strich sie sich eine Haarsträhne hinters Ohr. »Die Jury wird kein vorschnelles Urteil fällen«, antwortete sie schließlich. »Es kann sich ja auch um Anfängerglück handeln.«

»Anfängerglück?«, wiederholte er mit hochgezogenen Brauen. »Ganz sicher nicht, Sophie. Aber wenn es sein muss, kann ich dir auch das demonstrieren.« Schon näherte er sich ihr erneut, doch sie hob rasch ihre rechte Hand, um ihn auf Abstand zu halten.

»Das … ist keine gute Idee«, brachte sie etwas gepresst heraus. »Wir können einander nicht ausstehen, falls du dich erinnerst. Also …«

»Also?«

Sie holte tief Luft. »Also sollten wir jetzt mit der Arbeit beginnen, damit dieser Artikel fertig wird.«

Carsten schwieg einen Moment und schien über ihre Worte nachzudenken, dann nickte er. »Gut, wie du meinst.« Er schaltete den Laptop ein und rief die Datei mit dem Artikel auf, den er bereits verfasst hatte. »Lies das und sag mir, welche Bilder zu den letzten beiden Abschnitten passen würden.«

10. Kapitel

»Also wenn ich ehrlich sein soll – das ist das Beste, was ich seit langem über den Advent und Weihnachten gelesen habe«, befand Sophies Schwager Tom und legte das aufgeschlagene Magazin *Zeitschritte* auf dem Couchtisch ab. Dann lehnte er sich auf dem Sofa zurück und musterte sie eingehend. »Und das soll ein zynischer Weihnachtshasser geschrieben haben?«

Sophie, die Tom gegenüber auf einem der bequemen Sessel lümmelte und ein Bein über die Armlehne baumeln ließ, machte eine unbestimmte Geste mit der linken Hand, während sie in der rechten eine Tasse Kaffee hielt. »Frag mich nicht, wie er das gemacht hat. Als er mir den Artikel am Samstag vorgelegt hat, bin ich fast vom Stuhl gefallen. Oder vielmehr von der Couch.«

»Du hast auf seiner Couch gesessen?« Tom hob den Kopf und grinste anzüglich. »Wie gemütlich.«

»Ähem …« Sophie spürte einen leichten Anflug von Hitze in sich aufsteigen. »Nicht wirklich.«

»Was – nicht gesessen oder nicht gemütlich?« Toms blaue Augen glitzerten amüsiert. Er fuhr sich beiläufig durch seine schulterlangen blonden Locken, die er ausnahmsweise einmal nicht zu einem Zopf gebunden trug. »Als Tessa mir erzählt hat, dass du dich mit diesem Carsten in seiner Wohnung triffst, dachte ich schon, ihr hättet das Kriegsbeil begraben.«

»Wir …« Unbehaglich schluckte Sophie bei der Erinnerung an den leidenschaftlichen Kuss. »Wir haben uns arrangiert – irgendwie.« Dass sie und Carsten einander seit jenem Abend überhöflich und extrem distanziert begegneten, erwähnte sie lieber nicht. Sie hatte ständig das Gefühl, in Carstens Gegenwart mit rohen Eiern zu balancieren. Da waren ihr die ständigen Streitereien doch wesentlich lieber gewesen. Nicht, dass sie nun ständig einer Meinung waren, doch keiner von ihnen wollte den anderen noch einmal offen herausfordern. Sie hatten eine unsichtbare Grenze überschritten und wussten nun beide nicht, wie sie damit umgehen sollten. Also taten sie, als sei nichts geschehen, und schwiegen einander die meiste Zeit an, wenn sie nicht aus beruflichen Gründen miteinander sprechen mussten. Sophie empfand die unterschwellige Spannung als ausgesprochen unangenehm, vor allem, weil nun noch eine ungewohnte Befangenheit hinzugekommen war. Das Schlimmste war aber diese ärgerliche Anziehungskraft, die Carsten mittlerweile auf sie ausübte. Da sie weiterhin darauf bestand, ihn nicht ausstehen zu können, ging sie davon aus, dass sich diese unpassenden Gefühle früher oder später wieder legen würden. Vor allem, da Carsten weiterhin die Aufmerksamkeiten seiner weiblichen Mitmenschen zu genießen schien. Auch wenn Sophie davon ausging, dass der Kuss ihn nicht vollkommen unberührt gelassen hatte, empfand sie sein kühles, leicht spöttisches Auftreten dennoch als souveräner als ihr eigenes. Aber auch das würde sie in den Griff bekommen, denn eine Blöße würde sie sich vor ihm nicht geben, das kam nach wie vor überhaupt nicht in Frage.

»Sophie?« Tom hatte sich ein wenig vorgebeugt und blickte sie fragend an. »Ist alles in Ordnung?«

»Hm?« Erschrocken richtete sie ihre Gedanken wieder auf das Hier und Jetzt. »Oh, entschuldige. Ich war ganz in Gedanken.«

»Das habe ich gemerkt.« Lächelnd griff Tom nach der Kaffeekanne und schenkte sich nach. »Der Typ scheint dich ja ganz schön zu beschäftigen.«

»Wie kommst du denn darauf?«, fragte Sophie viel zu schnell und spürte eine leichte Wärme in ihre Wangen steigen. »Ich habe nur gerade … über den Artikel nachgedacht. Auch wenn ich Carsten als Mensch schrecklich nervig finde, muss ich doch zugeben, dass er ein ausgezeichneter Journalist ist.«

»Mhm.« An Toms Miene konnte sie erkennen, dass er ihr die Erklärung nicht ganz abnahm. »Das wussten wir aber schon vorher, denn immerhin schreibt er ja schon seit Jahren für *Zeitschritte*.«

»Ja, schon.« Wieder gestikulierte Sophie vage. »Aber wenn du ihn persönlich kennenlernst, würdest du nicht glauben, das so was«, sie deutete auf das aufgeschlagene Magazin, »in ihm steckt. Weißt du eigentlich, wie viele Nerven es mich gekostet hat, mit ihm die Interviews zu führen und seine arrogante Art über mich ergehen zu lassen? Ich könnte ihm jetzt noch in den Hintern treten, wenn ich daran denke, wie er vor allem mit den Kindern geredet hat. So feinfühlig wie ein Hauklotz, sag ich dir!«

Tom lachte. »Ja, Tessa hat mir einiges erzählt. Aber wenn ich mir diesen Artikel so ansehe, kann ich davon nicht das Geringste bemerken. Ich finde seine Formulierungen sogar außerordentlich einfühlsam und tiefgründig.«

»Das ist es ja, was mich so irritiert und aufregt!«, platzte es aus Sophie heraus. »Warum benimmt er sich mir und allen anderen gegenüber so zynisch und schreibt dann so was?« Sie griff nach der Zeitschrift und betrachtete noch einmal den vierseitigen Artikel, der durch einige ihrer besten Fotografien ergänzt wurde.

»Der erste Eindruck eines Menschen kann eben täuschen«, gab Tom zu bedenken.

»Außerdem musst du berücksichtigen, dass ihr euch schon gleich auf dem falschen Fuß kennengelernt habt«, mischte Tessa sich ein, die, mit Tatjana auf dem Arm und Lukas im Schlepptau, gerade das Wohnzimmer betreten hatte. Ihre Wangen waren von der spätherbstlich kalten Luft gerötet. Sie legte Tom seine kleine Tochter in die Arme und zog dann ihren rostroten Mantel aus. Ruprecht, der quirlige Jack Russell Terrier, sprang fröhlich um sie herum. »Wirst du wohl stehenbleiben, du Untier!«, schimpfte sie. »Lukas, du hast den Hund nicht richtig abgetrocknet. Er verteilt überall kleine braune Tapser!«

»Sorry, Mama.« Lukas, mit seinen zwölf Jahren schon recht hochgeschossen und ebenso blondlockig wie sein Vater, hechtete dem kläffenden Hund nach. »Komm her, Ruprecht! Ich muss dich noch mal trockenreiben. Hey, nicht in die Küche. Oh, oh …«

»Du kannst gleich den Wischmopp rausholen und das wegputzen!«, rief Tessa über die Schulter. »Und dann bring auch gleich die Tüte mit den Tannenzapfen in den Keller. Ich möchte einige für uns aussortieren, den Rest nehme ich morgen mit ins Geschäft.« Halb seufzend, halb lachend setzte sie sich auf die Armlehne von Sophies Sessel und griff nach der dritten Kaffeetasse auf dem Tisch.

Sophie schenkte ihr rasch von dem dampfenden Gebräu ein. »Das mag ja sein«, erwiderte sie auf Tessas Feststellung, »aber wenn er nicht so ein Blödian wäre, hätten wir uns auch gleich wieder vertragen können.«

»Bist du sicher, dass du daran nicht auch ein kleines bisschen schuld bist?«, fragte Tessa und zwinkerte Sophie zu. »Dein Temperament ist schließlich auch nicht ganz unberüchtigt.«

Sophie funkelte sie aufgebracht an. »Kann ich vielleicht etwas dafür, dass er mich ständig provoziert und … und …«

»Und?« Interessiert musterte Tessa sie.

Sophie wich dem Blick ihrer Schwester rasch aus. »Du weißt schon, er nervt mich.«

»Hm, ja, das dürfte mittlerweile weithin bekannt sein.« Tessa schmunzelte. »Trotzdem habt ihr zusammen einen ganz tollen Artikel hinbekommen. Das ist doch die Hauptsache, oder nicht?«

Sophie zuckte die Achseln. »Vermutlich. Habt ihr mal auf die Kommentarseite im Internet geschaut, die Inga Heidbrink hat einrichten lassen? Die Leute überschlagen sich geradezu mit Lob.«

»Das ist doch toll!«, befand Tom. »Ihr habt es ja auch verdient – alle beide. Du hast mit deinen wunderschönen Fotos schließlich auch einiges zu diesem Erfolg beigetragen.«

»Ja.« Auf Sophies Lippen erschien ein grimmiges Lächeln. »Ich hoffe bloß, das steigt ihm jetzt nicht auch noch zu Kopf, dann wird gar kein Auskommen mehr mit ihm sein.«

Obwohl Sophie nicht scharf darauf war, Carsten zu begegnen, freute sie sich dennoch schon darauf, zum ersten Mal die private Sozialstation zu besuchen, die Mittelpunkt des nächsten Artikels werden sollte. Bisher hatten sie fünf Familien aus unterschiedlichen sozialen Schichten interviewt und würden sie über die kommenden fünf Wochen in ihren Weihnachtsvorbereitungen begleiten. Nun kam noch die Verpflegungsstation für Obdachlose und arme Familien dazu, die, soweit Sophie herausgefunden hatte, ausschließlich von Spendengeldern und Sponsoren finanziert wurde. Es hieß, ein reicher Geschäftsmann habe die ehemalige Suppenküche von der Stadt gekauft und ausgebaut, doch wer genau dahintersteckte, ließ sich nicht so leicht herausfinden. Auch die *B-Media-Group*, zu der *Zeitschritte* gehörte, hatte angeblich ihre Finger im Spiel. Gerüchte besagten sogar, der Inhaber des Medienkonzerns sei der heimliche Wohltäter. Doch da dieser sich hinter seinen Geschäftsführern und Pressesprechern verbarg und lieber anonym bleiben wollte, würde es wohl bei den Gerüchten bleiben. Sophie interessierte sich nicht weiter für die Chefetage dieses Konzerns. Auch wenn sie schon immer gerne für das Magazin hatte arbeiten wollen, waren ihr die Strukturen solcher Großkonzerne eher gleichgültig. An deren Spitze saßen ihrer Meinung nach meistens Menschen, die so viel Geld und Einfluss besaßen, dass sie mit dem gemeinen Fußvolk gar nicht mehr in Berührung kommen wollten. Welchen anderen Grund sollte es dafür geben, dass sich die Inhaber so bedeckt hielten? Vermutlich saßen sie irgendwo im Ausland an einem weißen Sandstrand und schlürften tagaus tagein Cocktails, die von der harten Arbeit vieler Menschen in den einzelnen Firmensparten finanziert wurden.

Es hieß zwar, das ehemalige Fotomodell Nora Gante habe den Konzern zusammen mit ihrem Ehemann aus dem Boden gestampft. Ihr Name tauchte hin und wieder im Zusammenhang mit der Konzernleitung von *B-Media* auf den Wirtschaftsseiten der großen Tageszeitungen auf. Doch wie und wo sie lebte, wussten offenbar nur wenige Menschen. Vermutlich in einer Villa an jenem weißen Sandstrand, mutmaßte Sophie. Dennoch war sie neugierig auf die Sozialstation, denn ganz gleich, wer sie finanzierte – die Idee dahinter fand sie ausgezeichnet, und sie war bereits gespannt darauf, die dortigen Mitarbeiter kennenzulernen und mit den Nutznießern der Einrichtung – hauptsächlich den Obdachlosen – zu sprechen.

Der Örtlichkeit angepasst, hatte sie sich für schlichte Bluejeans, einen dunkelblauen Rollkragenpullover und ebenfalls dunkelblaue, kniehohe Stiefel mit halbhohen Absätzen entschieden. Passend dazu würde sie einen grauen Parka tragen. Während sie vor dem Spiegel stand und ihre Lippen in einem dezenten Silberbraunton nachzog, stieg schon wieder leichter Unwillen in ihr auf. Sie wollte auf keinen Fall overdressed in der Sozialstation auftauchen. Weshalb um alles in der Welt schminkte sie sich dann so sorgfältig? Ärgerlich zupfte sie an der langen Silberkette mit dem herzförmigen Anhänger, die sie um den Hals trug. Zu verspielt? Versuchsweise nahm sie ihre Haare im Nacken zusammen und hob sie ein wenig an. Sollte sie sie hochstecken? Dann würden die hübschen Silberohrstecker besser zur Geltung kommen. Doch wozu der ganze Aufwand? Bestimmt nicht, um eine Gruppe Obdachloser zu beeindrucken. Denn genau das wollte sie nicht. Wenn sie die Fotos machen wollte, die ihr vorschwebten, durften die Menschen in der Station sie nicht als Fremdkörper betrachten.

Andererseits schadete es nicht, hübsch auszusehen, redete Sophie sich gut zu und ließ ihre Haare wieder los. Offen gefielen sie ihr heute besser. Abgesehen davon war es nur recht und billig, wenn sie vielleicht zur Abwechslung auch ein bisschen Aufmerksamkeit erntete. Nach allem, was sie über die Station in Erfahrung gebracht hatte, war die dortige Klientel zu zwei Dritteln männlich, und die Gefahr, dass Carsten wieder von Anbeterinnen umgarnt wurde, war hier wesentlich geringer als bei den bisherigen Interviews.

Verärgert, weil sie wusste, dass sie sich etwas vormachte, streckte Sophie ihrem Spiegelbild die Zunge heraus. Sie würde ab sofort aufhören, sich mit Carsten zu messen, befahl sie sich. Weder würde sie sich provozieren lassen noch auch nur den Funken eines Gedankens an den Kuss verschwenden.

Endlich zufrieden mit sich, straffte Sophie die Schultern, holte ihren Parka, ihre Tasche und die Fotoausrüstung und machte sich auf den Weg in die Barbarastraße, in der die Sozialstation lag.

»Wo bleibst du denn? Hatten wir nicht acht Uhr gesagt?« Sophie war bereits seit einer halben Stunde unruhig vor dem Eingang der Sozialstation auf und ab gegangen. Die Eingangstür war verschlossen, und über die Gegensprechanlage war niemand zu erreichen. Das Jobcenter und das Büro der Rechtsberatung hatten zwar geöffnet, doch in beiden Räumlichkeiten drängten sich so viele Menschen, dass Sophie die Flucht ergriffen hatte. Als nun endlich Carstens Sportwagen vorfuhr und er, ein Smartphone am Ohr, ausstieg, ging sie ihm wütend entgegen. »Wenn ich mal fünf Minuten zu spät bin, blaffst du mich gleich an, und jetzt lässt du mich hier stundenlang in der Kälte stehen!«

»Ja, schon gut, ich kümmere mich darum«, sagte Carsten in sein Mobiltelefon und hob gleichzeitig die Hand, wie um Sophies Redefluss zu stoppen. Er gab ihr mit Gesten zu verstehen, dass er erst das Gespräch beenden musste.

Sophie stemmte erbost die Hände in die Seiten.

»Nein, es passt mir jetzt gerade überhaupt nicht«, redete Carsten weiter. »Du weißt genau, dass ich fixe Termine habe.« Er verdrehte die Augen. »Ja, Mam, das ist mir schon klar, aber auch als …« Er stockte und drehte sich ein wenig von Sophie weg. Mit leicht gesenkter Stimme sprach er weiter: »Hör zu, ich kann jetzt nicht mit dir darüber streiten, was angemessen oder notwendig ist und was nicht. Wenn Brenner darauf besteht, komme ich gleich vorbei. Aber erst muss ich das mit dem heutigen Interview regeln. – Was? – In der Sozialstation.« Er fuhr sich in einer frustrierten Geste durchs Haar. »Natürlich hat Arthur dafür Verständnis, aber ich habe hier noch eine Kollegin, die …« Er drehte sich wieder zu Sophie um, »jetzt schon ziemlich sauer ist. – Pfff, das versuch mal bei ihr.«

Sophie zog argwöhnisch die Augenbrauen zusammen. »Was soll das denn heißen?«

Wieder hob er die Hand, um sie zum Schweigen zu bringen. »Schwierig? Ja, so könnte man sie nennen.«

»Also das ist doch …« Erzürnt funkelte Sophie ihn an.

Carsten seufzte. »Ja, brillant auch, du kannst den Kommentaren auf der Internetseite ruhig glauben. Das macht es aber nicht einfacher … Wie? Einladen? Bist du verr…« Wieder brach er ab, als er Sophies Miene sah. »Hör zu, Mam, ich habe gesagt, ich kümmere mich darum, und das werde ich. Bis später.« Endlich schaltete er das Handy ab und schob es in seine Jackentasche.

»Sag mal, geht's noch?«, fauchte Sophie ihn an. »Wie redest du denn über mich?«

»Nicht viel anders als du vermutlich über mich«, erwiderte er. »Weshalb stehst du denn noch hier draußen herum? Du hättest ruhig schon reingehen und mit Arthur sprechen können.«

»Ja, das hätte ich gerne getan«, erwiderte Sophie wütend. »Aber es ist geschlossen.«

»Was?« Verblüfft ging Carsten zum Eingang und drückte gegen die Tür. »Na so was.« Zu Sophies Überraschung zog er einen Schlüsselbund aus der Hosentasche und schloss die Tür auf. »Arthur?«, rief er, als er hinter Sophie das Gebäude betrat. »Geh schon mal in den Aufenthaltsraum, nach links!« Er deutete auf einen Durchgang. Dann wandte er sich einer verschlossenen Tür mit der Aufschrift *Büro* zu.

»Was machst du denn da?«, wollte Sophie wissen. »Du kannst doch da nicht so einfach reingehen!«

»Warum denn nicht?« Carsten stand bereits vor Arthurs Schreibtisch. »Aha!« Er nahm einen Zettel in die Hand, auf der offenbar eine Nachricht geschrieben stand. »Arthur ist mit seiner jüngsten Tochter zum Arzt gefahren, weil sie sich stark erkältet hat.«

»Warum hat er dich denn nicht angerufen?«, fragte Sophie.

»Vermutlich hat er mich nicht erreicht, weil dauernd besetzt war.« Er wandte sich zu ihr um. »Dann wird dir wohl nichts anderes übrigbleiben, als hier auf ihn zu warten.«

»Aber …« Sophie stutzte. »Moment mal, *mir* bleibt nichts anderes übrig? Was ist denn mit dir?«

»Ich muss weg«, erklärte er lapidar.

»Wie bitte? Was soll das denn? Ich kann doch das Interview nicht alleine führen.«

»Warum nicht?« Carsten drückte ihr sein Diktiergerät und ein kleines Notizbuch in die Hand. Beides trug er immer in der Innentasche seines Mantels bei sich.

Sophie starrte ihn fassungslos an. »Spinnst du? Wer ist denn hier der Journalist? Ich bin für die Fotos zuständig.«

»Dann mach eben schon mal Fotos, und wir verschieben das Interview auf morgen«, schlug er vor. »Aber im Notizbuch stehen in Stichworten die Fragen, die ich für Arthur zusammengestellt habe. Du kannst das ruhig übernehmen. Wenn du alles aufzeichnest, kann ich damit später schon arbeiten.«

»Wo musst du denn überhaupt so plötzlich hin?«, wollte Sophie verunsichert wissen.

Carsten zuckte die Achseln. »Wichtige Angelegenheiten.«

»Mit deiner Mutter?«

Seufzend fuhr er sich erneut durchs Haar. »Ja, so ähnlich. Es geht um eine … Familiensache.«

»Und die erledigst du während deiner Arbeitszeit? Wie professionell!« Aufgebracht musterte Sophie ihn.

Zögernd nickte Carsten. »Es geht leider nicht anders. Ich habe jetzt weder Zeit noch Lust, dir das zu erklären. Mein Telefon steht seit heute früh um halb sieben nicht mehr still. Also übernimm heute einfach das Interview und bring mir die Ergebnisse heute Abend gegen sechs vorbei.« Schon wandte er sich zum Gehen.

Sophie sah ihm einen Augenblick nach, dann folgte sie ihm zur Tür. »Sollten wir den Termin nicht besser ganz absagen und auf morgen verschieben?«, schlug sie vor.

»Wir sind so schon knapp in der Zeit«, widersprach Carsten sichtlich genervt. »Also stell dich nicht an und mach das Interview. Arthur wird dich schon nicht beißen.«

»Das vielleicht nicht, aber ich drehe dir den Hals um, wenn du nicht langsam anfängst, etwas höflicher mit mir zu sprechen«, zischte Sophie. »Ich stelle mich nämlich überhaupt nicht an, sondern bin durchaus zu recht sauer, dass du mich hier grundlos hängenlässt.«

»Grundlos?« Carsten fuhr zu ihr herum. »Hör mir mal gut zu, Sophie. Wenn du nur die Hälfte von dem am Hals hättest, was mir heute bevorsteht, würdest du aufhören, solchen Mist zu verzapfen. Und nun halt mich nicht länger ...«

»Mist verzapfe ich?«, unterbrach sie ihn wütend. »Jetzt langt es aber! Was kann deine Mutter schon so Wichtiges von dir wollen, dass du alles stehen- und liegenlässt? Und jetzt benutzt du mich auch noch als Fußabtreter? Das ist ja wohl die Höhe. Ich habe nicht die geringste Lust ... oh.« Sophie brach ab, da in diesem Moment ein hochgewachsener Mann mit milchkaffeebrauner Hautfarbe und zu einem Zopf zusammengebundenen Rastalocken zur Tür hereinkam. Neben ihm stand ein höchstens sechs- oder siebenjähriges Mädchen mit ähnlicher Hautfarbe und niedlichen Zöpfen. Die Kleine klammerte sich fest an die Hand ihres Vaters.

»Guten Morgen zusammen«, sagte er gutgelaunt, obgleich er die aufgeladene Stimmung sowie die deutlich erhobenen Stimmen bemerkt haben musste. »Entschuldigt, dass ich erst jetzt Zeit für euch habe. Belinda hat vorhin so schlimm gehustet, dass ich sie zum Kinderarzt bringen musste. Nicht wahr, Schätzchen?« Er lächelte dem kleinen Mädchen liebevoll zu. »Aber mit dem Hustensaft und der anderen Medizin geht es dir bald wieder besser, versprochen.« Er deutete auf die Bürotür. »Leg dich ein bisschen auf die Couch in meinem Arbeitszimmer, ja? Und deck dich gut zu. Ich bringe dir gleich einen Tee.«

»Darf ich den Fernseher anmachen?«, bat die Kleine und hustete sogleich heftig.

»Lieber nicht. Ich hole dir deinen CD-Player und ein paar schöne CDs, okay? Carsten, ich hoffe, du hast meine Nachricht gefunden? Dein Handy war ständig besetzt.«

Belinda zupfte indes an Carstens Mantel. »Hallo, Carsten. Ich bin krank.«

»Hallo, Belinda.« Zu Sophies Überraschung ging Carsten vor dem Mädchen in die Hocke und strich ihr sanft über die Wange. »Fieber hast du auch, was?«

»Deshalb kann ich heute nicht in die Schule, dabei lernen wir heute zwei neue Buchstaben.«

»Wirklich? Na, so was Ärgerliches. Weißt du was? Wenn ich morgen wiederkomme, bringe ich dir die beiden Buchstaben bei. Was meinst du?«

»Du weißt doch gar nicht, welche.«

»Das finde ich heraus.« Carsten zwinkerte ihr zu. »Jetzt tu aber, was dein Vater dir gesagt hat.« Er erhob sich wieder und sah dem Mädchen lächelnd nach, bevor er sich an dessen Vater wandte. »Ich weiß, Arthur. Ich habe fast zwei Stunden nonstop telefoniert. Es gibt eine kleine Krise … in Köln. Meine Mutter hält meine Anwesenheit für unabdingbar. Deshalb muss ich jetzt los. Ich hoffe, es macht dir nichts aus, heute nur mit Sophie vorlieb zu nehmen. Sophie, das ist Arthur Mondoli, der Leiter der Sozialstation. Du weißt, was zu tun ist. Wir sehen uns heute Abend.«

Er nickte Arthur noch einmal zu und war im nächsten Moment zur Tür hinaus. Sophie konnte hören, dass sein Telefon klingelte. Sie beobachtete, wie er das Gespräch annahm und das Smartphone in die Halterung am Armaturenbrett klemmte, nachdem er in seinen Wagen eingestiegen war.

Arthur räusperte sich leise, woraufhin sie ihn verlegen ansah. »Tja, also … Guten Morgen. Ich bin Sophie Lamberti.«

Arthur ergriff ihre Hand und schüttelte sie herzlich. »Freut mich, Sie kennenzulernen, Sophie. Kommen Sie, gehen wir in die Küche. Dann können wir reden, während ich meiner Tochter den Tee zubereite.«

Sophie folgte ihm zögernd in die große Küche, deren Einrichtung jeden Hotelkoch neidisch gemacht hätte. Staunend sah sie sich um. »Also … ich bin jetzt überhaupt nicht vorbereitet«, begann sie zögernd. »Normalerweise bin ich nur für die Fotos zuständig. Carsten hat mir einfach sein Notizbuch in die Hand gedrückt und gemeint, ich soll …«

»Na, das ist mal eine Überraschung«, unterbrach Arthur sie mit einem breiten Lächeln.

»Warum?« Überrascht hob Sophie den Kopf.

»Na, weil Carsten sein Notizbuch normalerweise niemandem einfach so in die Hand drückt. Er ist da ziemlich eigen – Journalisten-Paranoia nenne ich das immer. Er scheint große Stücke auf Sie zu halten, wenn er Ihnen sein Allerheiligstes anvertraut.«

»Ähm, na ja. Ich weiß nicht.« Sophie wusste nicht, was sie dazu sagen sollte. Zu überrascht war sie von Arthurs Einschätzung der Situation. »Eigentlich kommen wir nicht besonders gut miteinander aus.«

»Das habe ich gehört.« Lachend griff Arthur nach dem Wasserkocher, befüllte ihn und entnahm einem der Schränke ein Paket Pfefferminztee, während das Gerät leise zu zischen und brodeln begann. »Ihr habt euch ja ganz schön gezankt.«

»Ich finde es nicht gut, dass er mich einfach so unangekündigt mit der Arbeit alleine lässt.«

»Was für eine Untertreibung!« Wieder lachte er.

Irritiert sah Sophie ihn von der Seite an. »Was meinen Sie?«

»Sie sind stinksauer, oder nicht? Ich würde es jedenfalls so nennen.« Er zwinkerte ihr zu. »Keine Sorge, mir gegenüber können Sie das zugeben. Ich kenne Carsten schon ewig.«

»Also gut, ich bin sauer.« Sophie seufzte leise. »Obwohl es bei jemandem wie ihm wohl vergeudete Zeit ist, sich auch nur einen Funken aufzuregen.«

»Wie meinen Sie das?« Neugierig musterte Arthur sie, während er mit wenigen Handgriffen den Tee aufgoss und ein Glas mit Honig aus einem der Regale nahm.

Sophie wurde rot. »Ach … vergessen Sie es. Ich bin nicht hergekommen, um über Carsten herzuziehen. So wenig wir miteinander auskommen – er ist mein Kollege, und zu lästern ist nicht meine Art.«

»Manchmal hilft es aber, wenn man sich seinen Ärger von der Seele redet«, sagte Arthur und lächelte ihr zu. »Entschuldigen Sie, Sophie. Ich habe Psychologie studiert, das steckt mir noch in den Knochen.«

Sophie lächelte ebenfalls und stellte fest, dass sie Arthur mochte. »Sie haben ja recht, aber ich schätze, jetzt ist nicht der rechte Zeitpunkt, Ihnen mein Herz auszuschütten. Ich soll Sie ja schließlich interviewen, und ein paar erste Fotos möchte ich auch machen.«

»Das kriegen wir schon hin«, ermunterte er sie. Dann hielt er kurz inne, musterte sie erneut, bevor er weitersprach: »Sie dürfen ihm das nicht übelnehmen, Sophie. Carsten … hat eine Menge am Hals.«

»Mit seiner Mutter?«

»Seiner Mutter?«, wiederholte er erstaunt.

Sophie nickte. »Sie hat ihn doch vorhin angerufen und ihn zu sich beordert.«

Arthur lachte auf. »Ja, so kann man es wohl nennen. Zu sich beordert, das würde ihr gefallen.« Seine Augen glitzerten amüsiert, doch dann wurde er wieder ernst. »Es geht nicht direkt um sie, sondern um … eine Familienangelegenheit. Sozusagen.« Beiläufig arrangierte Arthur die Teetasse und den Honig auf einem kleinen Tablett. »Er möchte nicht, dass sich jemand da einmischt, und ich werde auch nicht weiter darüber sprechen, solange er nicht dabei ist. Aber schauen Sie nicht so erschrocken, Sophie! Er ist kein Mafioso oder so was.«

»Das hatte ich auch nicht angenommen.« Sophie senkte verlegen den Blick, hob ihn jedoch gleich wieder. »Wie kommt es, dass Carsten einen Schlüssel zur Station hat?«

»Weil er hier ein und aus geht«, antwortete Arthur und fügte auf ihren überraschten Blick hinzu: »Er hilft regelmäßig hier aus, mal in der Küche, mal bei den Jugendlichen oder wo gerade Not am Mann ist.«

»Ach, tatsächlich? Das hätte …« Sophie stockte.

Arthur lachte. »Sagen Sie's schon. Das hätten Sie nicht von ihm gedacht, weil Sie ihn nicht ausstehen können.«

»Sie sind ganz schön geradeheraus«, stellte Sophie verlegen fest.

»Das ist eine Eigenschaft, die man sich in meinem Job rasch zulegt. Kommen Sie, bringen wir Belinda ihren Tee, und dann muss ich das *Geöffnet*-Schild vorne an den Eingang hängen. Eigentlich sollte die Station rund um die Uhr für alle offen sein, aber uns fehlen noch helfende Hände. Meine Frau ist heute zum Großeinkauf gefahren, und die anderen Mitarbeiter fangen mittwochs erst um neun Uhr dreißig an. Hinten im Anbau, wo sich die Schlafunterkünfte befinden, sind zwar zwei Frauen beschäftigt, aber auch dort sind wir noch unterbesetzt. Deshalb musste ich eben abschließen.«

Sophie wartete, bis Arthur seine Tochter mit dem Tee und ihren Lieblings-CDs ausgestattet hatte, dann folgte sie ihm in den Aufenthaltsraum. Kaum hatte Arthur die Eingangstür aufgesperrt, kamen schon zwei ältere Männer in vergrauten Kleidern und zerschlissenen Mänteln herein und setzten sich nach einem kurzen Gruß an einen der Tische am Fenster. Augenblicke später schlenderte ein junges Mädchen durch die Tür, dessen blondes Haar von pinkfarbenen Strähnen durchzogen war. Lässig warf sie ihren Rucksack quer durch den Raum auf eine blaue Couch auf der linken Seite des Raumes. »Morgen, Arti«, sagte sie. »Kann ich ein bisschen bei dir pennen?«

»Mach's dir gemütlich«, antwortete Arthur mit einem Nicken.

»Solltest du um diese Zeit nicht in der Schule sein?«, rutschte es Sophie heraus.

Das Mädchen blickte sie mit höhnisch hochgezogenen Augenbrauen an. »Ja, klar – und die Hühner. Wer ist die Tussi?«, fragte sie in Arthurs Richtung.

Er räusperte sich. »Benimm dich, Kati. Das ist Sophie. Sie und Carsten schreiben diese Artikelserie für das Magazin *Zeitschritte*, von der ich euch erzählt habe.«

Kati, die sich mittlerweile auf der Couch ausgestreckt hatte, richtete sich wieder auf. »Die und Carsten? Na toll, und schon will sie mich einschulen.«

»Das habe ich doch gar nicht gesagt«, verteidigte Sophie sich. »Ich dachte nur …«

»Kati trägt jeden Morgen von halb drei bis acht Uhr Zeitungen aus«, erklärte Arthur rasch. »Und ab mittags arbeitet sie als Fahrradkurier. Sie ist die Einzige in ihrer Familie, die überhaupt Arbeit hat.«

»Ja, und zu Hause kann ich nicht in Ruhe pennen, weil meine Alten sich dauernd kloppen und ankeifen«, ergänzte Kati.

»Oh, das tut mir leid.« Betroffen senkte Sophie den Blick.

»Ja, mir auch«, brummelte Kati, stopfte sich eines der Sofakissen unter den Kopf und schloss die Augen. »Gute Nacht, zusammen.«

»Voll ins Fettnäpfchen«, murmelte Sophie verlegen.

»Keine Sorge, wenn Kati erst ausgeschlafen hat, ist sie verträglicher«, erwiderte Arthur mit einem Zwinkern. »Kommen Sie, setzen wir uns da drüben ans Fenster«, schlug er vor und führte sie an einen der Tische. »Und dann quetschen Sie mich darüber aus, was wir hier in der Station in der Weihnachtszeit alles vorhaben.«

11. Kapitel

»Lulu? Pst! Hier drüben.« Elfe-Acht, eine von Santas Kundschafter-Elfen, und Elf-Siebzehn, der von allen Elfen die Tiersprachen am besten beherrschte, versuchten, die Aufmerksamkeit der kleinen Cockerspaniel-Dame auf sich zu lenken.

Lulu lag auf einem flauschigen Hundekissen in einer Ecke der geräumigen Haustierstation und döste vor sich hin. Obgleich sie bis eben noch mit Rocky, einem netten Golden Retriever, und der Schäferhündin Lotti hinter dem Haus auf der großen Wiese gespielt hatte, fühlte sie sich jetzt ein bisschen einsam. Die Tierpfleger kümmerten sich gut um die hier versammelten Haustiere, doch etwas fehlte Lulu. Je länger sie darüber nachdachte, desto deutlicher wurde ihr, dass es Carsten war, den sie vermisste. Wie das hatte geschehen können, konnte sie sich nicht erklären. Trotz seiner nach wie vor ungeschickten Art, mit ihr umzugehen, hatte sie sich – nun ja – an ihn gewöhnt. Ja, gewöhnt. Keinesfalls steckte mehr dahinter! An Sophie dachte Lulu auch häufig.

Das wäre ein Frauchen nach meinem Geschmack! Ruhig, besonnen, lieb. Na ja, gegenüber Carsten verhält

Sophie sich allerdings auch anders. Neulich Abend hat es fast ausgesehen, als hätte sie ihn angeknurrt und verbellt. Zumindest hat es auf mich so gewirkt. Vielleicht macht Sophie das aus dem gleichen Grund, aus dem ich Carsten anknurre. Damit er versteht, dass er etwas falsch macht. Ach, Sophie, wie gerne würde ich jetzt mit dir kuscheln. Na ja, mit Carsten vielleicht auch, wenn er denn wollte. Sein Streicheln hat sich wirklich gut angefühlt. Schade, dass er das nur so selten macht.

Lulu seufzte und wollte schon die Augen zu einem Nickerchen schließen. Doch aus dem Augenwinkel nahm sie eine Bewegung wahr, die ihre Aufmerksamkeit erregte. Und hatte da nicht jemand ihren Namen geflüstert? Als sie die beiden Elfen sah, hob sie ruckartig den Kopf.

Hey, wer seid ihr denn?

»Hallo, Lulu! Wir sind Elfen des Weihnachtsmanns.« Die beiden Elfen kamen vorsichtig näher. Erwachsene Menschen konnten sie normalerweise nicht sehen, doch wollten sie kein Risiko eingehen. Elf-Siebzehn hielt Lulu einen Hundekuchen hin, den diese annahm, jedoch vor sich ablegte.

Danke. Wofür ist der?

»Der ist dafür, dass du uns hoffentlich bei einem Auftrag hilfst«, antwortete Elf-Siebzehn und streichelte Lulu sanft hinter den Ohren.

Ein Auftrag vom Weihnachtsmann? Was kann er von mir wollen?

»Er möchte, dass du uns hilfst, dein Herrchen Carsten und Sophie glücklich zu machen.«

Glücklich zu machen? Wie soll das gehen?

Elfe-Acht räusperte sich ein wenig unbehaglich. »Indem wir die beiden zusammenbringen. Oder vielmehr sollst du das in die Wege leiten.«

Zusammenbringen? Die beiden arbeiten doch schon zusammen und sehen sich jeden Tag. Was soll ich …

Oh! Jetzt verstehe ich. Das könnt ihr vergessen. Die beiden bellen einander ständig an wie zwei Kampfhunde. Die mögen sich nicht.

Elf-Siebzehn nickte lächelnd. »Das wissen wir. Aber der Weihnachtsmann hat es sich nun mal in den Kopf gesetzt. Weißt du, es gibt da einen alten Wunschzettel von Sophie …«

In dem sie sich wünscht, mit Carsten zusammenzukommen?

»Äh, nicht direkt. Aber Santa Claus meint, die beiden würden gut zusammenpassen. Das heißt, wenn sie erst mal aufgehört haben, sich zu streiten. Dazu sollst du beitragen.«

Ich? Wie denn bloß? Und aufhören zu streiten werden die bestimmt nicht. Zumindest nicht länger als fünf Minuten.

»Aber sie haben sich schon einmal geküsst. Ich habe es genau gesehen, weil ich zufällig gerade in Santas Büro war und er die Überwachungsbildschirme eingeschaltet hatte«, erzählte Elfe-Acht. »Du warst doch auch dabei, Lulu.«

Hm, ja, schon. Ich habe mich auch sehr darüber gewundert, weil sie sich einen Moment vorher noch angekläfft haben. Dieses Küssen machen die Menschen doch sonst nur bei jemanden, den sie gern haben.

»Eben.« Elf-Siebzehn nickte heftig. »Deshalb denken wir ja, dass noch Hoffnung für die beiden besteht.«

Also, ich weiß nicht. Seit diesem Kuss sind die zwei sehr merkwürdig miteinander umgegangen. Ich glaube nicht, dass sie sich mögen. Vielleicht sollte der Weihnachtsmann sich lieber etwas anderes ausdenken. Ich kann mir nicht vorstellen, dass die beiden zusammen glücklich wären. Andererseits …

»Andererseits?« Aufmerksam musterte der Elf sie.

Würde das bedeuten, dass dann Sophie immer bei uns wäre? Ich mag sie sehr gerne. Das wäre natürlich ganz toll. Sie hat Carsten dazu gebracht, mich zu streicheln … und seit sie ihm erklärt hat, wie er mit mir reden muss, geht es zumindest ein bisschen besser mit uns. Dabei hatte ich die Hoffnung fast schon aufgegeben.

»Siehst du, Lulu, das sind doch gute Gründe, uns zu helfen, oder nicht?«

Stimmt. Also gut, was soll ich denn tun?

»Das werden wir dir genau erklären.« Elf-Siebzehn beugte sich ein wenig vor und senkte verschwörerisch die Stimme. »Hör gut zu …«

12. Kapitel

Sophie atmete tief durch und zupfte an ihren Haaren herum. Sie wusste selbst nicht, warum sie nicht gleich klingelte. Sie stand jetzt schon eine halbe Minute vor Carstens Wohnungstür und kämpfte mit sich. Einerseits war sie noch immer wütend, dass er sie am Morgen einfach sich selbst überlassen hatte. Andererseits hatte sie mit Arthur einen sehr schönen und interessanten Vormittag verbracht und sogar ein paar gute Fotos machen können. Auch das Interview war einfacher gewesen, als sie gedacht hätte, vor allem dank der ausführlichen Aufzeichnungen, die sie in dem Notizbuch vorgefunden hatte. Aber das würde sie Carsten ganz sicher nicht auf die Nase binden, und sie war sich auch nicht ganz im Klaren, wie sie sich ihm gegenüber nun verhalten sollte.

Sie kam nicht dazu, weiter darüber nachzudenken, denn hinter ihr wurden Schritte im Treppenhaus laut. Ein junger Mann mit zwei großen Einkaufstüten kam die Treppe herauf und wollte offenbar noch ein Stockwerk höher. Als er sie sah, musterte er sie neugierig. Da Sophie sich etwas merkwürdig vorkam, vor Carstens Tür herumzulungern, betätigte sie rasch den Klingelknopf. Sogleich vernahm sie ein kurzes Bellen von Lulu und dann Carsten, der erstaunlich leise etwas zu der Hündin sagte. Gleich darauf öffnete sich die Wohnungstür.

Für einen Moment fiel Sophie nicht ein, was sie tun oder sagen sollte, als sie Carsten gegenüberstand. Er trug einen für ihn ungewöhnlichen dunkelgrauen Anzug von sichtbar hoher Qualität zu einem weißen Seidenhemd und hatte sich offenbar gerade erst seiner Krawatte entledigt. Der oberste Knopf des Hemdes stand offen. Obwohl Sophie ihn bisher nur in weitaus lässigerer Kleidung kannte, musste sie zugeben, dass ihm der Anzug ausgesprochen gut stand. Hätte sie ein Faible für Schlipsträger gehabt, hätte er sogar ausgesprochen sexy auf sie gewirkt. Als sie bemerkte, wohin ihre Gedanken abwanderten, riss sie sich zusammen und hielt ihm eine Stofftasche mit dem Aufdruck ihres Fotostudios hin. Darin hatte sie sein Notizbuch, das Diktiergerät sowie einen USB-Stick mit den neuesten Fotos hertransportiert.

»Hier, bitte«, brachte sie mit leichter Verspätung heraus. Plötzlich hatte sie das Bedürfnis, so schnell wie möglich wieder zu verschwinden. »Wir sehen uns morgen.« Schon wandte sie sich ab und wollte gehen, doch Carstens Stimme hielt sie auf.

»Sophie, warte! Bist du in Eile?«

Sie drehte sich wieder zu ihm um. »Äh, nein, ich wollte nur …« Sie zuckte die Achseln. »Ich habe dir das Material von heute gebracht, wie du verlangt hast. Dann kann ich ja wohl wieder gehen, oder?«

»Verlangt?« Um seine Mundwinkel zuckte es. »Wie ist das Interview gelaufen?«

»Gut.« Sophie kämpfte noch immer damit, die rechten Worte zu finden, und ärgerte sich maßlos über sich. »Ich habe alles aufgenommen und auch noch ein paar Notizen gemacht. Also …«

»Mir wäre es lieb, wenn wir das Material zusammen durchgehen könnten«, sagte er. »Nur für den Fall, dass ich Fragen dazu haben sollte.«

»Dir wäre es lieb?« Sophie verschränkte die Arme vor dem Bauch. Sie wusste selbst nicht, weshalb sie sofort wieder die Stacheln aufstellte. »Das ist ja nett. Mir wäre es lieb gewesen, wenn du mich damit nicht einfach stehengelassen hättest. Oder wenn du mich wenigstens vorgewarnt hättest. Jetzt kannst du genauso gut sehen, wie du mit dem Kram fertig wirst.« Schon wollte sie sich erneut abwenden, doch da spürte sie plötzlich seine Hand an ihrem Oberarm.

Carsten hielt sie fest. »Sophie! Können wir uns nicht wie zwei erwachsene Menschen benehmen?«

Sie entzog sich ihm rasch. »Ich kann das schon«, erwiderte sie spröde. »Du bist es doch, der durch einen Mangel an Höflichkeit glänzt.«

Sie sah, dass er zu einer Erwiderung ansetzte, es sich dann aber offenbar anders überlegte. »Komm rein, Sophie«, sagte er, und sie konnte an seinem Tonfall hören, dass er sich mühsam beherrschte. »Ich habe keine Lust, das auf dem Hausflur zu besprechen.«

»Und ich hatte überhaupt nicht vor, irgendetwas zu besprechen«, antwortete sie giftig, folgte ihm jedoch zögernd in seine Wohnung. Sogleich wurde sie von Lulu umschwänzelt, die bisher brav im Wohnzimmer gewartet hatte. Die Hündin stupste sie freudig mit der Nase an und winselte leise, bis Sophie neben dem Sofa in die Hocke ging und sie begrüßte. »Hallo, Lulu!«, murmelte sie. »Wie geht es dir denn, hm? Du bist das einzig freundliche Wesen in dieser Wohnung, nicht wahr? Mit deinem Herrchen ist einfach kein Auskommen.«

Hallo, Sophie! Hach, ist das schön, dass du da bist. Ich habe dich schon vermisst!

»Das habe ich gehört, Sophie«, brummte Carsten verärgert. »Wer von uns ist jetzt wohl unhöflich?«

Jetzt, wo du da bist, geht es mir ausgezeichnet, Sophie! Obwohl ich sagen muss, dass es schon ein bisschen besser geworden ist mit Carsten. Aber du hast recht, die meiste Zeit ist er ziemlich ungehobelt. Vorhin hat er mich schon wieder Vieh genannt!

Langsam richtete Sophie sich wieder auf und warf Carsten einen dunklen Blick zu. »Wie man in den Wald hineinruft …«, sagte sie mit einem erneuten Achselzucken. »Können wir vielleicht jetzt über das Interview sprechen, damit wir hier fertig werden?«

»Hast du noch etwas vor?«

Bei seinem leicht spöttischen Ton hob sie den Kopf und funkelte ihn an. »Geht dich das etwas an?«

»Nein, ich bin nur neugierig. Also?«

Irritiert runzelte sie die Stirn. »Also was?«

»Also hast du noch etwas vor?«

Verärgert über seine Hartnäckigkeit stemmte sie die Hände in die Hüften. »Und wenn es so wäre?«

Carsten hob die Schultern. »Dann könnte ich mir die Einladung zum Essen sparen, und wir sollten das Gespräch doch auf morgen verschieben.«

Sophie hob verblüfft den Kopf. »Weshalb willst du mich zum Essen einladen?«

»Als Dankeschön und Wiedergutmachung für heute Morgen.« Er lächelte kühl. »Aber anscheinend hat das keinen Zweck, weil du noch immer auf dem Kriegspfad bist.«

»Ich bin auf dem Kriegspfad? Kann es vielleicht sein, dass ich einen guten Grund dazu habe?«

»Vielleicht.« Carsten wurde wieder ernst. »Vielleicht steigerst du dich auch nur in die Sache hinein, weil du eine streitsüchtige Ziege bist.«

»Wie war das?« Gleichmaßen verblüfft wie wütend starrte Sophie ihn an.

»Du hast mich schon verstanden.« Carstens Augen blitzten herausfordernd hinter den Brillengläsern. »Es geht mir allmählich auf den Geist, dass du dich von allem, was ich sage oder tue, angegriffen fühlst. Ich habe dich sicherlich nicht aus böser Absicht heute mit dem Interview alleingelassen. Und ich hätte es auch nicht getan, wenn ich nicht der Überzeugung gewesen wäre, dass du das auch alleine hinbekommst. Allerdings habe ich keine Lust, deshalb jetzt vor dir auf den Knien herumzurutschen und um Verzeihung zu flehen.«

»Das habe ich ja auch nicht verlangt, oder?«, erwiderte Sophie.

»Nicht? Dann sag mir doch, was du von mir verlangst, anstatt mich ständig anzugiften!« Carstens Miene verfinsterte sich zusehends.

Oh, oh, es geht schon wieder los. Ich glaube, ich verziehe mich lieber in mein Körbchen.

»Ich gifte dich an?« Erbost trat Sophie einen Schritt auf ihn zu, so dass sie einander dicht gegenüberstanden. »Wer hat denn ursprünglich mit der Streiterei angefangen? Ich ganz sicher nicht.«

»Ach nein?«

»Nein, und wenn du dich daran schon nicht mehr erinnern kannst, solltest du mal deinen ach so attraktiven Kopf untersuchen lassen.«

»Meinen was?«

Sophie stieß einen höhnischen Laut aus. »Komm schon, als würdest du es nicht genießen, dass dir die Frauen nachlaufen, als gäbe es keine anderen gutaussehenden Männer mehr auf der Welt. Und lustig machst du dich dann auch noch über sie!«

Obwohl Carsten sichtlich erzürnt war, zuckte es um seine Mundwinkel. »Du hältst mich also für gutaussehend?«

Giftig erwiderte Sophie seinen Blick. »Für was ich dich halte, habe ich dir schon gesagt.«

»O ja, vielen Dank für die Blumen.«

»Und lenk nicht vom Thema ab. Ich bin es leid, dass

du mich ständig behandelst wie eine Aussätzige, nur weil ich dich nicht wie alle anderen Frauen anbete und dir deshalb nicht in den Kram passe.«

Einen langen Augenblick starrten die beiden einander in die Augen. Dann veränderte sich der Ausdruck in Carstens Gesicht unvermittelt. Seine Miene war weiterhin finster, doch nun gesellte sich ein gefährliches Funkeln in seinem Blick dazu. »In einer Sache muss ich dir allerdings recht geben, Sophie«, sagte er mit rauer Stimme. »Du passt mir ganz und gar nicht in den Kram.«

Sophie spürte, wie sich ihre Nackenhärchen aufstellten. Ihre Blicke waren weiterhin ineinander verhakt. Es schien, als verringere sich der Abstand zwischen ihnen, obgleich weder er noch sie sich bewegt hatten. Ihr Herz holperte unstet. Die Atmosphäre war derart aufgeladen, dass sie kaum noch Luft bekam. Sie sah, dass Carsten hart schluckte.

»Nein, du passt mir wirklich nicht in den Kram«, wiederholte er. Im nächsten Augenblick lagen seine Lippen auf den ihren. Sophie wusste nicht, ob der Kuss allein von ihm ausgegangen oder ob sie ihm entgegengekommen war. Sie spürte nur, wie er sie heftig an sich zog und sein Mund hungrig über sie herfiel. Ihr Herz raste, und sie nahm ein ziehendes, beinahe brennendes Gefühl in der Magengrube wahr, das sich von Sekunde zu Sekunde verstärkte. Sie krallte die Hände in seine Schultern und presste ihren Körper an seinen, spürte sein Begehren, das ebenso groß zu sein schien wie ihr eigenes.

Bevor sie wusste, wie ihr geschah, hatte sie bereits die Lippen ein wenig geöffnet und ließ es zu, dass er den Kuss gierig vertiefte. Winzige Stromstöße schienen durch ihre Adern zu jagen. Ihre Hände verselbstständigten sich und schoben die Anzugjacke von Carstens Schultern. Er zog sie rasch aus und ließ sie achtlos zu Boden fallen, um gleich darauf Sophie zu helfen, ihren

Parka abzustreifen. Sogleich zog er sie wieder an sich und machte sich erneut über ihre Lippen her.

Sophie konnte keinen klaren Gedanken mehr fassen. Die Luft im Raum schien zum Schneiden dick, in ihren Ohren rauschte das Blut, ihr Herz hämmerte wie wild gegen ihre Rippen. Und immer noch verspürte sie dieses heftige Ziehen in ihrem Inneren. Sie ließ ihre Fingerspitzen über Carstens Oberarme nach unten gleiten und umfasste dann seine Seiten. Ganz deutlich fühlte sie, wie er auf die Berührungen reagierte. Rasch zog sie sein Hemd aus dem Hosenbund, um die Haut darunter zu erkunden.

Er keuchte unterdrückt und zerrte ungeduldig an ihrem Rollkragenpullover, bis sie entschlossen einen Schritt zurücktrat und das Kleidungsstück mit einem Ruck über den Kopf zog. Es landete auf dem Boden neben ihrem Parka.

Mit fliegenden Fingern begann Sophie, die Knöpfe an Carstens Hemd zu öffnen, und stieß einen triumphierenden Laut aus, als sie es ihm endlich ausgezogen hatte. Wieder trafen sich ihre Münder zu einem leidenschaftlichen Kuss; als sich ihre Körper berührten, taumelten sie leicht.

»Komm«, raunte Carsten heiser und schob Sophie durch die Wohnzimmertür in den Flur und dort zu einem weiteren Raum. Mit dem Ellenbogen betätigte er die Klinke, stieß die Tür auf und gab damit den Blick auf sein Schlafzimmer frei.

Auf dem Weg hierher hatte Sophie sich bereits mit einiger Mühe ihrer kniehohen Stiefel entledigt. Nun griff sie nach dem teuren Ledergürtel an Carstens Hose und ließ es zu, dass er gleichzeitig Knopf und Reißverschluss ihrer Jeans öffnete. Wieder taumelten sie; im nächsten Moment landete Sophie rücklings auf dem Bett. Sofort war Carsten über ihr. Erregt sog sie die Luft ein, als sie das Gewicht seines Körpers auf sich spürte. Seine Lippen wanderten fest und zielstrebig über ihren Mund, ihre Wange und schließlich ihren Hals abwärts. Heiße Schauer folgten ihnen. Als Carsten den Stoff ihres schwarzen Spitzen-BHs zur Seite schob, um seinem Mund einen weiteren Weg zu bahnen, schalteten sich auch noch die letzten Gedanken in Sophies Gehirn ab. Begierig drängte sie sich ihm entgegen und ließ sich von der Hitze und Leidenschaft zwischen ihnen davontragen.

13. Kapitel

»Lässt du dich denn jetzt von mir zum Essen einladen?«, fragte Carsten leise. Sophie, die halb auf ihm lag und die Wange an seiner rechten Schulter gebettet hatte, hob den Kopf ein wenig an, um ihm ins Gesicht sehen zu können. Irgendwann im Laufe der vergangenen Stunde war seine Brille abhandengekommen, was ihn ein wenig jungenhafter aussehen ließ, aber keineswegs weniger attraktiv machte. In seinen Augen blitzte es schalkhaft. Seine rechte Hand streichelte sanft über ihr Rückgrat, mit der linken strich er ihr eine Haarsträhne hinters Ohr.

»Möglicherweise.« Sie erwiderte sein Lächeln. »Aber nur, wenn du kochst.«

»Ich soll für dich kochen?« Überrascht hob Carsten die Augenbrauen.

»Hast du nicht behauptet, das würdest du für Freunde hin und wieder tun?«

»Ja.« Das Funkeln in seinen Augen verstärkte sich. »Bedeutet das, wir sind jetzt Freunde?«

Sophie richtete sich noch ein klein wenig mehr auf und ließ ihre Fingerspitzen über die Muskeln an seinem Brustkorb gleiten. »Wir hatten gerade ziemlich heißen Sex«, erwiderte sie. »Ob uns das zu Freunden macht, weiß ich nicht, aber ganz sicher zähle ich dich damit nicht zu meinen Feinden.«

»Also gut. Irgendwelche Wünsche bezüglich des Essens?« Er fing ihre Hand auf und spielte beiläufig mit ihren Fingern.

»Ich denke, ich lasse mich überraschen.«

»Ich hatte gehofft, dass du das sagst.« Carsten lächelte. »Es sind nämlich nicht allzu viele Zutaten für ein feudales Menü im Haus. Aber ich bin sicher, ich kann dir trotzdem etwas Schmackhaftes machen.«

»Okay, ich bin gespannt.« Sophie beobachtete, wie Carsten sich erhob, seine Hose vom Boden aufklaubte und rasch hineinschlüpfte. Bei seinem Anblick nahm ihr Herzschlag unvermittelt wieder an Geschwindigkeit zu.

Bevor er das Schlafzimmer verließ, drehte er sich noch einmal zu ihr um. »Auch auf die Gefahr hin, dass ich unromantisch klinge, aber könntest du in der Zwischenzeit schon mal die Fotos auf meinen Laptop übertragen? Er steht im Wohnzimmer auf dem Couchtisch.«

»Du hast recht, das klingt unromantisch.« Sophie grinste, als er die Stirn runzelte. »Aber ich mach's trotzdem, weil du so nett darum gebeten hast.«

»Omelette mit Räucherlachs – und du behauptest, du hättest nicht viel im Haus?« Genießerisch biss Sophie in die geröstete Weißbrotscheibe, die sie dick mit Butter bestrichen hatte, und zerteilte ihr Omelette mit der Gabel.

Carsten lachte. »Das ist wirklich nicht viel – oder du bist absolut anspruchslos.«

Überrascht hob Sophie den Kopf. »Also wenn ich nach einer Runde gutem Sex jedes Mal von dir mit so etwas verwöhnt werde, stelle ich tatsächlich keine weiteren Ansprüche. Ist das ein Hauch Knoblauch, den ich da herausschmecke?«

»Bärlauch«, erwiderte Carsten und widmete sich nun

seinem eigenen Omelette. »Wir wollen doch nicht, dass unsere Interviewpartner morgen die Flucht vor uns ergreifen.«

Sie saßen nebeneinander auf der Couch, vor sich den Laptop, auf dessen Bildschirm jedoch im Augenblick ein Bildschirmschoner in Form eines rotierenden Dreiecks seine Runden zog.

»Wie umsichtig von dir.«

»Moment mal, war das gerade ein Kompliment?«

Erstaunt hielt Sophie inne. »Eine Anerkennung«, befand sie schließlich lächelnd. »Wir wollen es ja nicht gleich übertreiben. Vielleicht ist mein Gehirn auch nur noch immer von den diversen Hormonausschüttungen benebelt.«

»Ich streiche mir den Tag trotzdem rot im Kalender an.«

Aufmerksam musterte Sophie ihn von der Seite. »Carsten?«

»Hm?« Er wandte sich ihr zu und erwiderte ihren Blick mit einem amüsierten Lächeln. Da er inzwischen wieder seine Brille trug, wirkte er irgendwie überlegener als zuvor. Seine Ausstrahlung hatte eine seltsame Wirkung auf Sophie; ihr Herzschlag nahm wieder an Geschwindigkeit zu, und sie fühlte sich plötzlich leicht befangen. Entschlossen, sich nichts anmerken zu lassen, sprach sie den Gedanken aus, der ihr gerade durch den Kopf gegangen war. »Wo stehen wir nun eigentlich?«

Da er sich einen Atemzug lang Zeit mit seiner Antwort ließ, schien er genau zu wissen, worauf sie hinauswollte. Schließlich sagte er: »Das hängt davon ab …«

»Wovon?«

»Ob du den Großkotz zurücknimmst.«

Verblüfft runzelte Sophie die Stirn. Sie erkannte das herausfordernde Blitzen in seinen grauen Augen und beschloss, den Spieß herumzudrehen. »Nimmst du die streitsüchtige Ziege zurück?«

Ein amüsiertes Lächeln stahl sich auf seine Lippen. »Auf gar keinen Fall.«

»Dann wirst du mit dem Großkotz leben müssen«, erwiderte sie mit ernster Miene, jedoch in leichtem Plauderton. Sorgsam kratzte sie die letzten Reste des Omelettes zusammen und schob sie sich in den Mund. Dann stellte sie den Teller auf den Couchtisch und klopfte sich ein paar imaginäre Krümel von dem schwarzen T-Shirt, das Carsten ihr geliehen hatte. »Aber was bedeutet das nun für uns?«, fragte sie im gleichen Tonfall und hob den Kopf.

Als sie seinem intensiven Blick begegnete, stockte ihr der Atem. Carsten stellte seinen Teller beiläufig auf ihrem ab, dann lehnte er sich so weit vor, dass sie seinen Atem auf ihrer Haut spüren konnte. »Keine Ahnung. Sag du es mir!«

»Ich …« Alle Gedanken flohen aus ihrem Kopf. Erfolglos versuchte sie sich daran zu erinnern, wie man atmete. Dass sich Carstens Blick zusehends verdunkelte, machte es ihr nicht leichter. Er verlagerte sein Gewicht und brachte sie dazu, sich zurückzulehnen, bis sie mit dem Kopf gegen die Armlehne der Couch stieß.

»Ich hätte da einen Vorschlag«, raunte Carsten, der nun direkt über ihr war. Sein Blick tastete begehrlich über ihr Gesicht, blieb einen Moment an ihren Lippen hängen, bevor er zu ihren Augen zurückkehrte.

»Und der wäre?«, brachte Sophie mit heiserer Stimme heraus.

Ganz sachte streifte Carstens Mund ihre Lippen und ließ damit ihren Blutdruck heftig ansteigen. »Ich behalte dich so lange als Geisel hier, bis du es dir anders überlegst.«

Sophie blickte wie benommen in seine nun beinahe schwarz wirkenden Augen. Fast hatte sie das Gefühl, darin zu ertrinken. Dennoch regte sich ihr Widerstand. »Darauf kannst du warten, bis zu alt und grau bist.«

Seine Miene wurde ernst, und er näherte sich noch einmal so weit ihrem Gesicht, dass sich ihre Lippen beinahe berührten. »Dann bleib zumindest heute Nacht.«

Sophie hob ihre Hände und ließ sie über einen Rücken gleiten. »Das ließe sich einrichten.«

In seine Augen trat ein Lächeln; sein warmer Atem strich über ihr Gesicht. »Vielleicht kann ich dich ja doch noch überzeugen, deine Meinung über mich zu ändern.«

Inzwischen hatte Sophie das Gefühl, schon wieder keine Luft mehr zu bekommen. Das Ziehen und Brennen in ihrer Magengrube hatte sich wieder eingestellt. »Vergiss es«, murmelte sie und zog seinen Kopf zu sich herab. Ihre Lippen trafen sich zu einem leidenschaftlichen Kuss, der sich rasch vertiefte.

Hallo? Ähm, ich will ja nicht stören, aber ich müsste bald mal nach draußen. Sophie? Carsten? Hach, was soll's. Ein bisschen kann ich vielleicht noch warten. Aber nicht zu lange. Ich will ja schließlich kein Missgeschick heraufbeschwören. Andererseits brauche ich jetzt vielleicht gar nicht mehr den Plan ausführen, den die Elfen sich ausgedacht haben. Es sieht ja so aus, als würden sich Carsten und Sophie doch ziemlich gut vertragen. Der Weihnachtsmann wird sich bestimmt freuen!

Ich glaube, ich lasse die zwei für ein Weilchen allein. Steht da nicht die Schlafzimmertür offen? Ich wollte schon immer mal wissen, wie sich Herrchens großes Bett anfühlt. Ich denke, das ist ein guter Zeitpunkt, es zu testen.

14. Kapitel

»Guten Morgen, Arthur«, grüßte Carsten, als er die Sozialstation betrat. Er hatte Sophie den Vortritt gelassen, und gemeinsam steuerten sie den Aufenthaltsraum an.

»Entschuldige, dass wir heute etwas zu spät sind, aber es ist … noch kurzfristig etwas dazwischen gekommen.«

Sophies Kopf ruckte kurz zu ihm herum; sie schoss einen warnenden Blick auf ihn ab. Auch wenn Carsten und Arthur gut befreundet waren, wollte sie doch lieber nicht näher darauf eingehen, dass die Verspätung dem Umweg über ihre Wohnung geschuldet war, damit sie sich hatte umziehen können. Und noch weniger wollte sie erwähnen, dass sie und Carsten in ihrem Badezimmer erneut übereinander hergefallen waren. Schließlich hatten sie noch Lulu in die Redaktion bringen müssen und es hierher nur mit viertelstündiger Verzögerung geschafft.

»Das macht doch nichts«, antwortete Arthur. »Ich habe die Zeit genutzt, uns Kaffee und ein kleines Frühstück zusammenzustellen. Setzt euch doch.«

Nachdem sie beide seiner Aufforderung nachgekommen waren, ergriff Sophie das Wort. »Wie geht es denn Ihrer Tochter? Hat sich der Husten schon gebessert?«

»Ein bisschen. Aber sie muss heute auch noch zu Hause bleiben. Oder vielmehr hier.«

»Ist sie wach?«, wollte Carsten wissen und zog gleichzeitig sein Notizbuch und das Aufnahmegerät aus der Innentasche seiner Lederjacke.

»Nein, sie macht ein Nickerchen im Büro. Aber sie hat schon gefragt, ob du heute wieder herkommst.«

»Ich kümmere mich nachher ein bisschen um sie«, versprach Carsten und wandte sich an Sophie. »Lass uns gleich mit dem Interviewteil anfangen, dann kannst du später in Ruhe deine Fotos machen, solange ich mit Belinda beschäftigt bin.«

Sophie nickte und öffnete gleichzeitig die Tasche, in der sie ihre Kameraausrüstung aufbewahrte. »Okay. Denk aber daran, dass wir um elf ein Meeting mit Inga haben. Allzu lange können wir uns also nicht hier aufhalten.«

»Zur Not kommen wir später noch mal wieder«, sagte Carsten. »Ich überlege sowieso, ob wir nicht auch ein paar Bilder von den Nachmittagsaktivitäten hier in der Station machen sollen.«

Wieder nickte Sophie. »Das hatte ich mir auch schon überlegt. Auf jeden Fall Aufnahmen von den Leuten, die dabei helfen, die Weihnachtsdekoration zu basteln. Arthur, hatten Sie nicht gesagt, dass sich da eine Gruppe Freiwilliger zusammengefunden hat?«

»Halt! Moment mal, Auszeit!« Arthur hob beide Hände und formte damit das Timeout-Zeichen. Höchst argwöhnisch blickte er vom einen zum anderen. »Was geht hier vor?«

»Was meinst du?« Carsten hatte eine Unschuldsmiene aufgesetzt.

»Na, das hier.« Arthur gestikulierte heftig zwischen Carsten und Sophie hin und her. »Gestern hatte ich noch Angst, ihr würdet euch gegenseitig an die Kehle gehen, und jetzt ist auf einmal alles eitel Sonnenschein?«

»Ähm …« Sophie spürte, wie die Röte in ihre Wangen stieg. »Das ist … Wir haben …«

»… eine Übereinkunft getroffen. Einen Waffenstillstand … sozusagen«, ergänzte Carsten rasch und mit einem Grinsen.

Arthur zog die Brauen zusammen. »Eine Übereinkunft? Scheint ja sehr effektiv zu sein, dass ihr beide heute so lammfromm seid. Moment mal.« Er musterte erst Carsten, dann Sophie genauer. »Oder seid ihr euch vielleicht tatsächlich an die Kehle gegangen – gewissermaßen?«

Sophie senkte unter seinem forschenden Blick verlegen den Kopf.

»Aha, das ist es also.« Sie hörte an Arthurs Stimme, dass er lächelte, und hob den Blick rasch wieder.

»Es ist nicht so, wie Sie denken.«

»Ach nein?«, fragte Carsten erstaunt.

Sie sah ihn warnend an. »Also gut, ist es doch«, gab sie zu. »Aber sollen wir das jetzt hier öffentlich diskutieren?«

»Von Diskutieren war nicht die Rede. Ist es dir jetzt plötzlich peinlich, dass wir gestern Abend Sex hatten? Und heute Nacht? Und«, er spähte zu Arthur, »heute Morgen?«

»O Gott!« Sophie schlug kurz die Hände vors Gesicht. Dann ließ sie sie jedoch rasch wieder sinken. »Hörst du wohl damit auf! Das habe ich doch gar nicht gemeint. Ich finde bloß, es geht niemanden etwas an, dass wir …«

»Ja?« Auffordernd blickte Carsten sie an. »Sprich es ruhig aus. Arthur ist schon erwachsen und weiß mit ziemlicher Sicherheit über die Bienchen und Blümchen Bescheid.«

»Hey, lasst mich da heraus!« Arthur machte eine abwehrende Handbewegung. Dann lachte er. »Jetzt ist wohl wieder alles beim Alten.«

»Aber …« Sophies Miene verfinsterte sich. Aufgebracht funkelte sie Carsten an. »Macht dir das jetzt vielleicht Spaß? Dann lass mich dir einen guten Rat geben, Mister Großkotz: Auf diese Weise bringst du mich ganz bestimmt nicht dazu, meine Meinung über dich zu ändern.«

»Dito.« Carsten grinste. »Können wir uns jetzt allmählich an die Arbeit machen?«

»Ihr wart also heute Vormittag wieder in der Sozialstation?«, fragte Tessa, die gerade dabei war, einen Adventskranz zu binden und mit goldenen Bändern, Zimtstangen und kleinen Weihnachtskugeln zu verzieren. Sophie hatte auf dem Weg in ihr Studio unten im Blumenladen haltgemacht, um ein wenig mit ihrer Schwester zu plaudern. Im Laden duftete es nach frischem Tannengrün, Zimt und Orangenschale. Tessa hatte auf dem

Verkaufstresen und in den Regalen an der Rückwand mehrere adventliche Potpourris aufgestellt.

»Ja, wir haben das Interview von gestern fortgeführt und dann auch noch einen der Obdachlosen befragt. Er heißt Harry und war früher mal Vorarbeiter in einer Großtischlerei. Dann hat er mit Glücksspielen angefangen, seinen Job verloren und immer mehr Schulden gemacht. Mittlerweile lebt er seit acht Jahren auf der Straße. Er hat sich spontan bereit erklärt, ein paar Spielzeuge aus Holz für die Kinder armer Familien anzufertigen. Arthur, das ist der Leiter der Station, lässt gerade einen Werkraum in einem Nachbargebäude der Station einrichten und meinte, dass seine Sponsoren bestimmt für Material und Werkzeuge aufkommen werden.«

»Wow, spendable Sponsoren«, befand Tessa.

»Ich würde ja gerne mit dem Besitzer oder zumindest einem der Hauptsponsoren der Station sprechen, aber Carsten ist dagegen«, erzählte Sophie weiter. »Er will die Artikelreihe ganz auf die Menschen konzentrieren, nicht auf die Institutionen, die vielleicht dahinterstehen.« Sie zuckte die Achseln. »Dann haben wir noch mal mit Kati gesprochen. Das ist ein Mädchen, das Tag und Nacht als Zeitungsausträgerin und Fahrradkurier schuftet, weil ihre Eltern arbeitslos und wohl auch ziemlich heruntergekommen sind. Ich habe das Mädchen auf höchstens sechzehn geschätzt, aber sie ist schon siebzehn und wird im Januar achtzehn. Sie hat gerade mal den Hauptschulabschluss und keinerlei Perspektive. Dabei kam sie mir eigentlich ziemlich klug vor. Ein bisschen frech vielleicht, aber wenn sie nicht gerade übermüdet ist, finde ich sie sehr nett.« Sophie seufzte. »Ich weiß nicht, wie Carsten das macht. Er hat ja wohl häufig mit diesen Menschen zu tun, weil er in der Station freiwillig aushilft.«

»Ach, tatsächlich?« Erstaunt hob Tessa den Kopf.

»Ja, Arthur hat mir davon erzählt. Aber ständig diese

Schicksale vor Augen – ich hatte jetzt schon dauernd das Bedürfnis, allen helfen zu müssen. Aber das kann man ja gar nicht. Außerdem meinte Arthur, dass sie lernen müssen, sich selbst zu helfen.«

»Du bist ziemlich beeindruckt«, stellte Tessa fest und legte den fertigen Adventskranz in eines der Regale. Sogleich griff sie nach weiteren Tannenzweigen und begann, den nächsten Kranz zu binden.

»Das bin ich wohl.« Nachdenklich blickte Sophie vor sich hin, dann wurde ihre Miene unvermittelt weich. »Apropos helfen. Du glaubst nicht, was Carsten getan hat.«

Tessa merkte auf. »Gemessen an deinem Gesichtsausdruck kann es zumindest nichts Schlimmes gewesen sein.«

»Schlimm? Nein, ganz im Gegenteil! Hatte ich schon erwähnt, dass Arthur eine kleine Tochter hat? Belinda ist sechs und geht in die erste Klasse. Im Augenblick ist sie stark erkältet und kann deshalb nicht zur Schule. Sie war richtig traurig darüber, weil sie wohl heute zwei neue Buchstaben lernen sollten. Gestern hat Carsten zu ihr gesagt, er könnte ihr die zwei Buchstaben heute beibringen. Und rate mal!«

»Was?«

»Er hat es tatsächlich getan!«

Tessa hob den Kopf. »Er hat ihr die Buchstaben beigebracht?«

»Genau das.« Tessa kämpfte für einen Moment mit ihren Gefühlen, als sie sich daran erinnerte, wie überrascht und begeistert Belinda gewesen war. »Er hat doch tatsächlich gestern in der Schule angerufen und gefragt, um welche Buchstaben es sich handelt. Und dann hat er sich mit Belinda hingesetzt und sie ihr beigebracht.«

»Wow!« Tessa lachte.

»Ja, das habe ich auch gedacht. Ich war total platt, dass er überhaupt daran gedacht hat. Und dann …«

»Nein, Sophie«, unterbrach Tessa sie rasch. »Ich meinte: Wow, wer sind Sie und was haben Sie mit meiner Schwester gemacht?«

Verblüfft hielt Sophie inne.

Tessa musterte sie eingehend. »Du hast dich jetzt noch nicht ein einziges Mal über Carsten beschwert, ihn nicht einen – wie war das noch gleich, Kotzbrocken? – genannt oder dich sonst wie über ihn aufgeregt. Stattdessen höre ich nur noch Lobeshymnen.«

»Großkotz«, verbesserte Sophie und senkte verlegen den Blick. »Das ist er nach wie vor, Tessa. Kannst du dir vorstellen, dass er mich für eine streitsüchtige Ziege hält?«

»Ja.«

Entsetzt starrte Sophie ihre Schwester an, die daraufhin wieder lachte.

»Komm schon, Sophie, dein aufbrausendes Temperament ist jetzt nicht unbedingt die Überraschung des Jahres.«

»Mag sein«, gab Sophie zu. »Aber das ist doch gar nicht der Punkt. Außerdem wollte ich dir eigentlich nur erzählen, wie Carsten dem Mädchen beim Lernen geholfen hat. Ich musste ihn sogar daran erinnern, dass wir noch ein Meeting hatten, sonst hätte er den gesamten Vormittag dort verbracht.« Sie verdrehte amüsiert die Augen. »Und das von einem professionellen Journalisten. Das muss man sich mal vorstellen. Belinda liebt ihn abgöttisch.«

Nachdenklich ließ Tessa den Draht sinken, mit dessen Hilfe sie die Tannenzweige zu einem gleichmäßigen Rund formte. »Kann es vielleicht sein, dass sie damit nicht ganz alleine ist?«

»Wie bitte?« Erschrocken starrte Sophie sie an.

Tessa trat um den Arbeitstisch herum und blickte ihr prüfend ins Gesicht. »Tatsächlich, Donnerwetter!«, konstatierte sie. »Du hast dich in ihn verliebt.«

»Was?« Sophie riss die Augen weit auf und machte einen Schritt rückwärts. »Nein, habe ich nicht. Ich meine, wir hatten ziemlich heißen Sex, aber …«

»Ihr habt miteinander geschlafen?«, unterbrach Tessa sie überrascht, dann lächelte sie. »Na, das erklärt so einiges. Wie ist es denn dazu gekommen?«

Verlegen spielte Sophie an ihrer langen Bernsteinhalskette herum. »Das weiß ich auch nicht so genau. In der einen Sekunde haben wir uns noch gestritten, und im nächsten Moment …« Etwas verzagt hob sie den Kopf. »Meine Güte, was mache ich denn jetzt bloß?«

Lachend zog Tessa sie an sich und drückte sie kurz. »Na, was schon? Weiterhin guten Sex genießen, würde ich sagen. Alles andere wird sich schon finden.«

»Aber ich will mich nicht in ihn verlieben!«

»Ich habe den Eindruck, dazu ist es schon zu spät, Sophie.« Tessa legte ihr eine Hand auf den Arm. »Hey, so schlimm ist das doch nun auch wieder nicht. Speziell dann nicht, wenn ihm auch was an dir liegt.«

»Aber er ist und bleibt ein großspuriger, nervtötender …«

»Sophie!« Nachsichtig schüttelte Tessa den Kopf.

»Doch, wirklich. Weißt du, was er zu Arthur gesagt hat?« Sophie gestikulierte wild. »Er hat ihm tatsächlich erzählt, dass wir miteinander im Bett waren. Oder vielmehr hat Arthur es vermutet, und Carsten hatte nichts Besseres zu tun, als es zu bestätigen. Und dann hat er mich aufgezogen, weil ich das nicht lustig fand. Und am Ende …«

»Habt ihr euch wieder gestritten«, schloss Tessa. »Ich habe das Gefühl, ihr beiden habt einander verdient.«

»Was soll das denn heißen?«

»Na, zwei vom gleichen Schlag.« Seelenruhig machte Tessa sich wieder an ihre Arbeit.

Sophie verschränkte die Arme vor der Brust. »Auf wessen Seite stehst du eigentlich?«

Ihre Schwester lächelte. »Auf gar keiner. Ich werde den Teufel tun und mich einmischen.«

»Er hat für mich gekocht.«

»Oh?« Tessas Augenbrauen wanderten in die Höhe. »War es essbar?«

»Mehr als das. Tessa?«

»Hm?«

»Ich bin total verwirrt.«

»Ich weiß.« Tessa schnitt die Folie um ein Paket blauer Kerzen auf. »Seht ihr euch heute noch?«

»Ja, schon. Wir müssen ja noch die Daten und Bilder von heute durchgehen.«

»Macht ihr das nicht in der Redaktion?«

»Selten. Carsten musste heute noch zu irgendeinem wichtigen Termin in Köln, deshalb hat er mich gebeten, heute Abend bei ihm vorbeizukommen.«

»Zum Arbeiten.«

»Zum ... ja, natürlich zum Arbeiten!« Sophie biss sich auf die Lippen.

Tessa zwinkerte ihr zu. »Zieh sicherheitshalber deine gute Unterwäsche an und rasiere dir die Beine.«

»Tessa!«

15. Kapitel

»Na, wenn das nicht wie am Schnürchen läuft«, freute der Weihnachtsmann sich und rieb sich die Hände. »Da brauchen wir am Ende Lulus Hilfe gar nicht.«

Elfe-Sieben, die ihm gegenüber am Schreibtisch saß und die Wunschzettel sortierte, die per Post gekommen waren, hob neugierig den Kopf. »Hast du denn etwas mit den aktuellen Entwicklungen bei den beiden zu tun? Ich dachte, die Sache gestern in Carstens Wohnung sei Zufall gewesen.«

Santa Claus lächelte schelmisch. »Nicht ganz, meine Liebe, nicht ganz. Die kleine Krise bei *B-Media*, die Carsten veranlasst hat, nach Köln zu fahren …«

»Die hast du verursacht?« Die Elfe staunte. »Der Schuss hätte doch aber auch nach hinten losgehen können, meinst du nicht? So wie die beiden sich immer gefetzt haben. Auch an dem Abend. Ich dachte schon, das geht ganz übel aus.«

»Ach wo, Elfe-Sieben. Wenn du die Menschen mal so lange kennst wie ich, wirst du verstehen, dass es gar nicht anders hätte kommen können.« Selbstzufrieden strich sich der Weihnachtsmann durch den Bart.

»Eine Sache macht mir aber trotzdem Sorgen«, wandte Elfe-Sieben ein. »Sophie weiß nicht, wer Carsten in Wirklichkeit ist. Könnte das nicht zu Problemen führen?«

»Tja, hm.« Santa Claus runzelte die Stirn. »Daran habe ich gar nicht mehr gedacht.« Dann winkte er ab. »Ach was, er wird es ihr schon noch sagen, und dann ist alles in Butter.«

»Glaubst du?« Die Elfe machte ein skeptisches Gesicht. »Dann sollte er es ihr aber möglichst bald sagen, sonst gibt das bestimmt arge Schwierigkeiten. Unehrlichkeit ist keine gute Basis für eine Beziehung.«

»Ach, was du immer hast.« Santa schüttelte nachsichtig den Kopf. »Es wird schon alles gutgehen, das habe ich im Gefühl. So leicht habe ich schon lange nicht mehr einen Wunsch erfüllt. Zwei Wünsche, um genau zu sein, denn einen Hund hat Carsten ja jetzt auch noch, und auf Sophies Wunschzettel stand ausdrücklich, dass ihr Traummann Hunde mögen muss.«

Elfe-Sieben hüstelte. »Er besitzt zwar einen Hund, aber dass er ihn auch mag, sehe ich, ehrlich gesagt, noch nicht. Ich habe so ein Gefühl, dass die gesamte Geschichte auf ziemlich wackeligen Beinen steht. Und was hat Carsten da neulich angedeutet? Er hat doch irgendwas Großes vor, und das hängt mit der Artikelreihe zusammen. Behalte die beiden lieber ganz genau im Auge, Santa.«

»Ja, ja, keine Sorge.« Santa Claus nickte und lehnte sich auf seinem Bürostuhl zurück. »Es läuft alles nach Plan, du wirst schon sehen.«

16. Kapitel

»Sag mal, ist deine Schwester Millionärin?«, hörte Carsten Sophie aus dem Wohnzimmer rufen.

»Wie bitte, was meinst du?« Nur mit seiner Jeans bekleidet trat Carsten in die Wohnzimmertür. Mit einer Hand hielt er ein Handtuch, mit dem er bis eben sein vom Duschen nasses Haar frottiert hatte. Als er Sophie bei dem Kasten knien sah, in dem er Lulus Spielzeug und andere Utensilien aufbewahrte, wurde er ein wenig blass. »Was machst du denn da?«

Rasch erhob Sophie sich. »Entschuldige, aber Lulu hat keine Ruhe gegeben und dauernd an der Kiste gekratzt. Offenbar wusste sie, dass ihr Spielzeug darin verstaut ist. Sie hat sich gleich das bunte Püppchen geschnappt und zu ihrem Körbchen getragen.«

Carsten hat doch tatsächlich Kraki und Püppi weggesperrt! So geht das nicht. Püppi konnte ich ja jetzt retten, aber Kraki muss ich mir später noch holen. Ohne die beiden kann ich auf keinen Fall auskommen. Den Teddy und die Maus hätte ich zwar auch gerne, aber ich fürchte, da macht er nicht mit. Dabei finde ich es so angenehm, wenn überall in der Wohnung meine Spielzeuge herumliegen. Dann brauche ich nicht lange danach zu suchen.

Mit wenigen Schritten war Carsten neben Sophie und blickte unbehaglich auf den Inhalt der Kiste.

Sophie drehte eines der mit Edelsteinen besetzten Halsbänder in ihren Händen. »Was also, ist sie Millionärin oder so was?«

Carsten räusperte sich. Wie kam er aus dieser Sache wieder heil heraus? »Warum fragst du das?«, rettete er sich in eine Gegenfrage.

»Na, also bitte! Schau dir die Sachen doch mal an! Erst dachte ich, deine Schwester wäre einfach nur ein bisschen exzentrisch, was die Hundeausrüstung angeht. Aber das hier sind keine Strasssteine oder Swarovski-Kristalle. Das sind echte Diamanten, wenn mich nicht alles täuscht. Und diese Schnalle hier, das sieht mir nicht wie Katzengold aus, sondern wie echtes. Du meine Güte, wie kann sie sich so was leisten? Und dann gibt sie es einfach an dich weiter? Ich hätte die Sachen an ihrer Stelle verkauft, wenn ich den Hund schon nicht behalten wollte. Du bunkerst sie doch jetzt eh nur hier drinnen.« Sie deutete auf die Kiste. »Zumindest habe ich noch nicht gesehen, dass du Lulu eines der Halsbänder angezogen hättest. Und diese teuren Lederleinen auch nicht.«

»Ich bin ja wohl auch nicht verrückt!«, antwortete Carsten. Er nahm Sophie das Halsband aus der Hand, musterte es kurz und warf es zurück in die Kiste. Nachdrücklich schloss er den Deckel. »Mit so einem Krempel macht man sich ja zum Affen.«

»Da stimme ich dir sogar zu«, befand Sophie. »Aber das erklärt noch immer nicht, wie sich deine Schwester so teuren Hundeschmuck leisten kann. Was macht sie denn beruflich?«

»Ähm.« Mit der rechten Hand fuhr sich Carsten nervös durch sein noch immer feuchtes Haar. Er war noch nicht bereit dazu, Sophie zu gestehen, wer er wirklich war und dass seine Familie ein Multimillionen-Euro-Firmenkonsortium ihr Eigen nannte. Was genau ihn davon abhielt, ihr die Wahrheit zu sagen, wusste er selbst nicht genau. Doch wenn er ehrlich war, genoss er es, zum ersten Mal seit langer Zeit von jemandem für das akzeptiert und – so hoffte er – geliebt zu werden, was er war: ein ganz normaler Mann, kein Millionär, nicht der attraktive Junior-Chef der *B-Media-Group*, sondern Carsten Braumann, Journalist, mit einer Wohnung voller IKEA-Möbel und einem Faible für Pizza mit allem drauf aus Luigis Pizzeria unten an der Ecke. Hektisch suchte er nach den rechten Worten und antwortete schließlich: »Sie zeichnet … Kleider. Für … eine große Bekleidungsfirma.«

»Ach, tatsächlich? Das ist ja interessant.« Sophie sah ihn erstaunt an. »Für welche Firma denn? Vielleicht habe ich ja schon mal was von ihr getragen.«

Carsten räusperte sich. Jetzt musste er ganz vorsichtig sein. »*Elena Gante*.«

»Wow, das ist eine Hausnummer!«, rief Sophie beeindruckt. »Von denen habe ich tatsächlich ein paar Einzelstücke im Schrank. Schweineteuer, aber wunderschön. Für die arbeitet deine Schwester? Aber sagtest du nicht, dass sie in die Karibik gezogen ist?«

»Äh, ja, ist sie.« Allmählich geriet Carsten ins Schwitzen. »Sie … arbeitet von dort aus. Du weißt schon, heute geht alles übers Internet und so.«

»Wahnsinn.« Sophie schüttelte den Kopf. »Ich glaube, ich habe den falschen Beruf. Aber ich kann mir nicht vorstellen, dass sie als Modezeichnerin so viel verdient, dass sie sich diese teuren Accessoires leisten kann. Oder kriegt sie da irgendwie Prozente? Aber selbst dann …«

»Mh, ja, kann sein. Sie ist mit einem, ähm, ziemlich wohlhabenden Mann verlobt.«

»Oha.« Er konnte sehen, wie Sophie aufmerkte. »Und der bezahlt ihr so was? Ganz schön großzügig.« Sie schnaubte leicht. »Muss Liebe schön sein.« Sie hielt inne. »Was ist?«

Bei Sophies letzter Aussage hatte sich unvermittelt etwas in Carsten geregt, ein ziehendes, nicht unangenehmes Gefühl, das sich von seiner Magengrube in alle Richtungen ausbreitete und auch sein Herz erreichte. Langsam ließ er seinen Blick über Sophies Gesicht, ihre Augen, ihre Lippen wandern. In seiner Kehle bildete sich ein Knoten. »Apropos Liebe«, brachte er mit einer Stimme heraus, die in seinen eigenen Ohren ungewöhnlich rau klang. Er streckte seine Arme nach ihr aus und zog sie dicht an sich, genoss das Gefühl ihres Körpers an seinem. »Du siehst in dem Hemdchen zum Anbeißen aus. Ich hätte da eine Idee, wie wir die Zeit bis zur Redaktionssitzung sinnvoll verbringen könnten.« Sachte ließ er seine Fingerspitzen unter das Hemdchen gleiten und liebkoste die weiche Haut an ihrem Rücken.

Sophie erschauerte, schüttelte aber entschieden den Kopf. »Wir haben kaum noch Zeit bis zur Sitzung«, widersprach sie. »Schau mal auf die Uhr. Ich muss noch duschen und mich anziehen. Lulu muss noch raus und …«

»Und das ist mir alles gerade total egal«, raunte Carsten. Ohne auf Sophies leichte Gegenwehr zu achten, küsste er sie und begann, ihr Oberteil hochzuschieben.

»Hey, komm schon«, keuchte Sophie. »Das ist unfair. Am Ende schiebst du es doch wieder auf mich, wenn wir zu spät kommen.«

»Was musst du auch so sexy sein?« Grinsend hielt Carsten sie fest.

Für einen Moment gab Sophie nach und erwiderte seinen Kuss, doch dann schob sie ihn energisch von sich. »Lass uns das auf später vertagen«, bat sie und hatte sichtlich Mühe, ihre Atmung unter Kontrolle zu bringen. »Ich muss jetzt wirklich duschen.« Eilig ging sie in Richtung Badezimmer. Im Flur drehte sie sich noch einmal zu ihm um. »Und untersteh dich, mir zu folgen! Sonst muss ich mich im Badezimmer einschließen.«

»Schon gut, du willst mich armen Mann also foltern. Wie du willst.« Gespielt theatralisch rang Carsten die Hände.

Sophie verschwand lachend im Bad und zog die Tür hinter sich zu.

Kaum war sie verschwunden, ließ Carsten sich auf einen der Sessel sinken und raufte sich die Haare. Irgendwie wurde er das Gefühl nicht los, das er in der Klemme saß. Sein Blick fiel auf den nun geschlossenen Kasten. Was hatte Sophie gesagt? Sie hätte den Krempel verkauft?

Seine Miene hellte sich auf. Vielleicht war das gar keine so schlechte Idee. Damit würde er vielleicht seine Tarnung noch ein wenig weiter aufrechterhalten können, bis er sich im Klaren darüber war, wie es mit Sophie und ihm weitergehen würde.

»Meine Güte, das ist aber wirklich ein Prachtexemplar von einem Mann«, raunte Tessa Sophie zu, während sie Plätzchen aus mehreren Keksdosen auf einem großen Weihnachtsteller verteilte. Sophie schnitt derweil den Christstollen auf, den Carsten zu diesem Sonntagskaffee am zweiten Advent mitgebracht hatte. Er hatte den Stollen selbst gebacken, wie er betonte, und Sophie konnte dies bestätigen, denn sie hatte ihm dabei sogar geholfen.

»Groß, gutaussehend, toller Job und ein guter Koch und Bäcker«, zählte Tessa auf und zwinkerte Sophie zu. »Den solltest du behalten.«

Sophie lächelte. »Ich denke, das werde ich. Na ja, zumindest würde ich es gern versuchen. Er treibt mich zwar immer noch regelmäßig in den Wahnsinn, und dann fliegen die Fetzen zwischen uns, aber allmählich gewöhne ich mich daran.«

Tessa lachte. »Dann wird es wenigstens nicht langweilig. Ich habe schon gemerkt, dass er dich gerne provoziert. Das scheint ihm Spaß zu machen. So gesehen passt ihr wirklich gut zusammen, Schwesterlein.«

Verlegen griff Sophie nach einem Spültuch und

wischte ein paar Krümel vom Tisch. »Vielleicht. Aber ob das auch reicht, um daraus eine dauerhafte Beziehung zu machen? So ganz sicher bin ich mir nicht, wie er dazu steht. Ich weiß noch so wenig über ihn, und er erzählt auch nicht viel über sich.«

»Das wird schon noch kommen«, beruhigte Tessa sie und griff nach der Kuchenplatte und dem Plätzchenteller. »Glaube mir, die Vorzeichen stehen gut. Ich habe genau gesehen, wie er dir ständig mit Blicken folgt. Und auch sonst – ich bin vielleicht keine Expertin, aber meiner Meinung nach ist der Mann verrückt nach dir. Huch! Lulu, was machst du denn hier?«

Mmmh, sind das Kekse? Dann hat Ruprecht ja doch recht gehabt, als er meinte, es gäbe gleich welche!

»Lulu, nicht doch!«, rief Sophie lachend, als die Hündin sich auf ihre Hinterbeine stellte.

Nur mal schnuppern. Ich weiß, zu betteln ist eigentlich unter meiner Würde. Aber bei Keksen kann ich einfach nicht widerstehen.

Lachend wehrte Tessa die um sie herum scharwenzelnde Hündin ab, die versuchte, den Teller zu erreichen. Als sie das Wohnzimmer erreichten, kam auch Ruprecht dazu und hüpfte wie ein Springbällchen auf und ab, um einen Blick auf die Leckereien zu erhaschen.

»Ganz schön aufdringlich, die beiden«, stellte Tom fest und rief Ruprecht mit einem kurzen Befehl zu sich. Auch Sophie gab Lulu eine kurze Anweisung, woraufhin diese sich neben ihren Stuhl setzte.

Ist ja schon gut. Aber kann ich nicht wenigstens ein winzig kleines Plätzchen haben? Nein? Ach, ich lege mich jetzt mal hierher und warte. Vielleicht hab ich ja doch noch Glück.

Kopfschüttelnd blickte Sophie auf die Hündin hinab. »Aufdringlich ist gar kein Ausdruck. Carsten, hast du ihr etwa irgendwann mal was vom Tisch gegeben? Sie bettelt doch sonst nicht.«

»Ich?« Erstaunt wandte Carsten sich ihr zu. »Wie kommst du denn darauf? Ich bin froh, wenn sie mich am Esstisch in Ruhe lässt.«

»Mhm, und was war mit dem Brötchen neulich?«

»Das ist mir aus der Hand gefallen.« Er grinste.

»Ja, klar.« Sophie verdrehte die Augen. »Männer!«

»Ich weiß.« Tessa schmunzelte. »Ich hab auch so ein Exemplar, wie du weißt. Tom verwöhnt Ruprecht, wo es nur geht, und glaubt auch noch, ich merke es nicht.«

»Wechseln wir lieber das Thema.« Tom räusperte sich übertrieben laut. »Carsten hat mir gerade erzählt, dass die Sozialstation noch freiwillige Helfer sucht. Ich überlege gerade, ob wir mit der Schule oder vom Sportverein aus nicht mal eine gemeinsame Aktion oder so etwas machen könnten. Oder ein Benefiz-Fußballturnier.«

»Keine schlechte Idee«, stimmte Carsten zu. »Ich werde Arthur darauf ansprechen. Für solche Aktionen ist er eigentlich immer zu haben.«

»Ich habe gestern Kati getroffen«, erzählte Sophie. »Ihr wisst schon, das Mädchen, von dem ich euch neulich erzählt habe. Sie hatte einen blauen Fleck im Gesicht.«

»Hat jemand sie geschlagen?«, wollte Tessa erschrocken wissen.

Carstens Miene wurde ernst. »Ihr Vater oder ihre Mutter«, bestätigte er. »Beides Alkoholiker und furchtbar heruntergekommen. Ich versuche schon seit einiger Zeit, Kati zu überreden, zum Jugendamt zu gehen, damit man sie da herausholt, aber bisher weigert sie sich. Sie will nicht in ein Heim und hofft, dass sie, sobald sie achtzehn ist, ausziehen kann. Leider wird ihr das finanziell nicht gelingen, wenn sie nicht bald einen Ausbildungsplatz oder eine geregelte Arbeit findet.«

»Sie tut mir so leid.« Sophie griff nach der Kaffeekanne und goss erst den anderen, dann sich selbst ein. »Dauernd überlege ich, wie man ihr helfen könnte.

Oder auch den anderen Menschen, die wir in der Station oder bei unseren Interviews getroffen haben. Von den beiden richtig wohlhabenden Familien mal abgesehen, handelt es sich ja fast ausschließlich um Leute, die mit wenig oder fast gar keinem Geld auskommen müssen. Man hört zwar immer wieder von der Armut, die trotz unserer Wohlstandsgesellschaft bei uns herrscht, aber so richtig verstehen kann man das erst, wenn man es mit eigenen Augen sieht. Gerade jetzt vor Weihnachten empfinde ich das als besonders schlimm. Aber anscheinend gibt es kaum Möglichkeiten, wirklich zu helfen.«

»Die gibt es schon«, widersprach Carsten. »Man muss nur die richtigen Hebel in Bewegung setzen.«

Überrascht hob Sophie den Kopf. »Und welche wären das?«

Carsten hielt kurz inne, schien etwas zu überlegen, dann antwortete er: »Kurz gesagt? Diejenigen, die viel haben, sollten etwas davon abgeben.«

»Pfff.« Sophie tippte sich an die Stirn. »In was für einem Traumland lebst du denn? Das hat doch noch nie funktioniert.«

»Nicht?« Nachsichtig schüttelte Carsten den Kopf. »Also, ich habe schon so einige Reiche kennengelernt, die das tun. Nur eben nicht genug. Viele sind sich gar nicht bewusst, wie einfach es wäre zu helfen.«

»Oder sie sitzen einfach auf ihrem Geld und sehen es gar nicht ein, auch nur einen Cent davon abzugeben«, erwiderte Sophie giftig. Dieses Thema brachte sie immer in Rage.

»Solche gibt es auch«, gab Carsten zu. »Aber selbst dort könnte man Überzeugungsarbeit leisten.«

»Da wünsche ich dir aber viel Vergnügen. Denjenigen möchte ich sehen, der so was schafft. Du und ich ganz bestimmt nicht.«

Fragend musterte er sie. »Und warum nicht?«

Sophie griff nach einem Plätzchen, biss jedoch nicht hinein, sondern zerbröselte es auf ihrem Teller. »Du bist ein Idealist, Carsten. Glaubst du wirklich, du musst nur zu den Leuten hingehen und sagen, sie sollen ihr Geld rausrücken, und sie tun es? Auch wenn du noch so ein guter Journalist bist …«

»Oh, danke!«

Sie warf ihm einen scharfen Blick zu. »… hättest du doch bei weitem nicht genügend Einfluss, um die reichen Geldsäcke dazu zu bewegen, sich von ihren Euro zu trennen.«

»Und wenn doch …« Er stockte und setzte erneut an. »Und wenn es doch jemanden gäbe, der genügend Einfluss besitzt, um das zu schaffen? Oder, der es zumindest versucht?«

Verblüfft ließ Sophie von ihrem Plätzchen ab. »Dann würde ich mich fragen, warum er bisher noch nicht in Aktion getreten ist. Siehst du, Carsten, es ist müßig, sich darüber die Köpfe heißzureden. Die Welt ist, wie sie ist. Wir können mit unseren bescheidenen Mitteln versuchen zu helfen und vielleicht ein paar Menschen aufmerksam machen. Aber bevor die da oben nicht aufwachen, wird es keine großen Veränderungen geben.«

»Die da oben?«

»Ja, die Reichen und Schönen.« Sophie gestikulierte vage mit der rechten Hand. »Leute wie deine Schwester. Entschuldige, wenn ich sie als Beispiel nenne, aber überleg doch mal. Sie schmeißt ein Wahnsinnsgeld für Hundeschmuck und solchen Firlefanz raus, und dann gibt sie den Hund weg und interessiert sich nicht mehr dafür. Und was machst du?«

»Ich?«

»Du hortest das teure Zeug in der Kiste in deinem Wohnzimmer, während …«

»Während in Afrika die Kinder verhungern?« Carsten schmunzelte. »Ich hab die Sachen verkauft.«

»Mach dich nicht lustig … Was?« Verblüfft starrte Sophie ihn an.

»Ich habe die Sachen verkauft. Also die Leinen und Halsbänder. Bei eBay. Das Geld habe ich der Sozialstation gespendet. Dafür können sie jetzt einen zweiten Werkraum einrichten.«

»Das … ist …« Sophie fehlten die Worte. »Das hast du getan?«

»Du hattest schließlich recht«, bestätigte er. »Die Sachen wären in der Kiste nur vermodert. Bei eBay haben sie ein hübsches Sümmchen eingebracht. Ich war erstaunt, was für Leute sich dort als Käufer herumtreiben.«

Sophie schluckte. »Und du hast alles gespendet? Ich meine … alles?«

»So ist es.« Er strahlte sie an.

»Wow!« Tessa lachte herzlich. »Ihr zwei seid mir ja wirklich ein interessantes Paar.« Sie wandte sich an Tom, der wie sie bis eben schweigend der Unterhaltung gefolgt war. »Wie findest du das? Meine kleine Schwester scheint ihren Meister gefunden zu haben.«

Tom feixte. »Scheint mir auch so. Obwohl ich kurzzeitig froh war, dass wir nichts leicht Entflammbares auf dem Tisch stehen haben. Die zwei versprühen ganz schön viele Funken.«

Sophie beachtete ihre Schwester und ihren Schwager gar nicht, sondern senkte den Blick. »Ich weiß nicht, was ich dazu sagen soll. Warum hast du alles gespendet? Ich meine, du schwimmst ja auch nicht gerade im Geld, oder?«

»Ich wollte es einfach«, sagte Carsten schlicht. »Daraus brauchst du kein Drama zu machen.«

»Ich mache kein Drama daraus, Carsten. Es ist nur … Warum hast du mir das nicht gleich erzählt?«

Er zuckte die Achseln. »Ich hielt es nicht für so wichtig.«

»Nicht?« Sie konnte es noch immer kaum fassen. Mit neuem Interesse im Blick musterte sie den Mann, mit dem sie nun seit knapp zwei Wochen liiert war. »Sag mal, willst du dich um einen Heiligenschein bewerben?«

Er lachte. »Wie kommst du denn darauf?«

Verlegen hob sie die Schultern. »Ich habe noch keinen Mann getroffen, der so etwas getan hätte. Eine so große Summe einfach herzuschenken, meine ich. Das hättest du mir wirklich erzählen können.«

Er machte eine wegwerfende Geste. »Ich wollte es nicht an die große Glocke hängen.«

»Das wäre aber eine tolle Werbung für deine Artikel gewesen.«

»Unsere Artikel.« Er machte ein überraschtes Gesicht. »Werbung? Meinst du nicht, unsere Artikelreihe spricht für sich selbst? Abgesehen davon liegt mir überhaupt nichts daran, mich mit solchen Aktionen ins Rampenlicht zu schieben.« Sein Ton war ungewöhnlich ruppig geworden.

Sophies Augen verengten sich. »Entschuldigung, ich wollte dir nicht auf den Schlips treten. Jeder andere hätte so eine große Summe der Station öffentlich übergeben, mit Pressekonferenz und allem Drum und Dran. Du bist ja schließlich nicht ganz unbekannt, man kennt deine Arbeit für *Zeitschritte*. Das Magazin hätte sich über die PR bestimmt gefreut.«

»Ich bin aber kein PR-Gag für das Magazin«, schoss Carsten verärgert zurück.

»Du liebe Zeit, das habe ich ja auch gar nicht behauptet. Nur, dass jeder andere es so gemacht hätte. Und je bekannter und einflussreicher, desto mehr Brimborium.«

»Ich bin aber nicht jeder andere, Sophie.« Seine Stimme war jetzt gefährlich scharf geworden.

Überrascht erwiderte sie seinen aufgebrachten Blick. »Und ich würde es begrüßen, wenn du mir nicht die Worte im Mund umdrehen würdest.«

»Kinder, hört doch auf zu zanken!«, versuchte Tessa die Wogen zu glätten. »Das bringt doch nichts.«

»Nein, lass nur, Tessa.« Sophie schob ihren Stuhl zurück und stand auf. »Ich brauche ein paar Minuten an der frischen Luft.« Sie schoss einen zornigen Seitenblick auf Carsten ab. »Jetzt weißt du wenigstens, was ich damit meinte, dass er mich zum Wahnsinn treibt. Entschuldigt mich.« Sie verließ eilig den Raum; die Tür klappte leise hinter ihr ins Schloss.

»Tja.« Einen Moment lang blickte Carsten ihr nach, dann wandte er sich an Tessa und Tom, die ihn abwartend ansahen. »Tut mir leid, das ist mal wieder typisch für uns. Ich schätze, ich sollte ihr nachgehen.«

»Ja, vermutlich«, stimmte Tessa ihm zu, lächelte jedoch dabei. »Keine Sorge, ich kenne Sophie schon weit länger als du und bin an ihre Ausbrüche gewöhnt. Sie hat ein teuflisches Temperament … genau wie du, würde ich sagen.«

Auf Carstens Gesicht erschien ein schiefes Grinsen. »Bisher habe ich mich immer für recht ausgeglichen gehalten.« Er fuhr sich leicht frustriert mit den Fingern durchs Haar.

»Nun geh schon und rede mir ihr.« Tom blinzelte ihm zu. »Sie kriegt sich schon wieder ein. Ich würde sie an deiner Stelle nur nicht noch weiter provozieren.«

Carsten nickte und erhob sich.

Gehen wir schon? Ach, anscheinend doch nicht. Herrchen beachtet mich gar nicht. Hoffentlich haben er und Sophie jetzt mit dem Streiten wieder aufgehört. Ich kriege jedes Mal die Krise, wenn sie sich so anfletschen. Dabei habe ich doch neulich den Elfen gesagt, alles sei in Ordnung und dass der Plan des Weihnachtsmannes schon funktioniert hat. Hoffentlich war ich da nicht zu voreilig! Vielleicht sollte ich den beiden besser nachgehen und schauen, was da vor sich geht.

Carsten fand Sophie vor der Haustür. Sie hatte ihren Mantel übergeworfen und die Arme fest verschränkt. Schweigend starrte sie hinüber zum Waldrand. Es war eisig kalt, in den vergangenen Tagen und Nächten hatte es empfindlich gefroren. Die Büsche und Bäume ringsum waren von weißem Raureif dick überzogen, ebenso wie die beleuchteten Weihnachtsfiguren – Schlitten, Rentiere und Weihnachtsmann –, die Tom und Tessa in ihrem Vorgarten aufgebaut hatten. Da der Nachmittag schon fortgeschritten war und es bereits dunkel wurde, waren um Fenster und Haustür warm leuchtende Lichterketten eingeschaltet worden. Auch die beiden Büsche neben dem Treppenaufgang wurden von Lichternetzen erhellt.

Huh, ist das kalt hier draußen. Wollt ihr wirklich hier miteinander reden? Drinnen ist es doch viel gemütlicher.

Einen Augenblick blieb Carsten schweigend neben Sophie stehen. Er kämpfte mit sich. Dieser ganze Streit war eine Ursache seines schlechten Gewissens, das war ihm klar. Er reagierte harscher als nötig, weil er nicht wusste, wie er sich Sophie gegenüber verhalten sollte. Gegen seinen Willen hatte er sich ernsthaft in sie verliebt, und er hoffte, dass sie seine Gefühle erwiderte. Doch ihre Beziehung gründete derzeit noch auf einer Lüge – oder vielmehr einer verschwiegenen Wahrheit. Nach wie vor hatte er ihr nicht erzählt, wer er wirklich war, obgleich das Versteckspiel von Tag zu Tag schwieriger wurde. Allmählich gingen ihm die Ausreden aus, warum er immer wieder für Stunden und ganze Tage nach Köln fahren musste. Auf ihre Fragen nach seiner Familie antwortete er ausweichend, wohl wissend, dass sie darauf mittlerweile argwöhnisch reagierte.

Warum er nicht längst mit der Wahrheit herausgerückt war, konnte er sich selbst nicht erklären. Wahrscheinlich wollte er einfach nicht, dass sie ihn mit anderen Augen sah als jetzt. Und das würde unweigerlich geschehen, sobald sie um sein Vermögen und seine Stellung wusste. Ihm war klar, dass er mit ihr darüber reden musste, wenn er ihre Beziehung auf die nächste Ebene heben wollte. Doch was, wenn genau das Gegenteil passierte? Dieses Wagnis musste er wohl oder übel eingehen. Er holte tief Luft. »Sophie?« Sanft berührte er sie am Arm.

Sie drehte ihren Kopf und sah ihm mit einem ungewöhnlich weichen Blick in die Augen, der seinen Pulsschlag beschleunigte. »Tut mir leid, Carsten. Ich wollte dich nicht so anfauchen.« Sie wandte sich ihm ganz zu und umfasste seine Hände. »Ich reagiere nur manchmal allergisch auf Leute, die etwas Gutes nicht um der Sache willen tun, sondern um sich zu profilieren.«

»Aber …«

»Ich weiß, genau das tust du gar nicht.« Sie seufzte. »Du bist zwar oft ziemlich arrogant, aber gleichzeitig der großzügigste Mensch, den ich je kennengelernt habe. Das will mir nicht ganz in den Kopf, verstehst du?«

»So großzügig bin ich auch wieder nicht«, versuchte er zu scherzen, doch sie schüttelte energisch den Kopf.

»Doch, bist du. Ich kenne niemand sonst, der einfach so einen Batzen Geld verschenken würde. Ich meine, du bist ja schließlich kein Millionär oder so, dem ein paar Tausender nicht weh tun.«

»Sophie …«

»Nein, lass mich ausreden, bevor ich mich wieder über irgendetwas anderes aufrege, was du sagst oder tust. »Sie lächelte leicht. »Ich bin in dich verliebt. Wie es so weit kommen konnte, ist mir schleierhaft, denn eigentlich will ich dich die meiste Zeit am liebsten erwürgen. Du brauchst dazu jetzt auch nichts zu sagen«, fügte sie rasch hinzu, als er etwas erwidern wollte. »Ich will nicht, dass du dich irgendwie verpflichtet fühlst oder so, nur weil ich …« Sie hielt kurz inne. »Ich wollte nur, dass du es weißt. Wenn du also glaubst, genug von mir … von uns zu haben, ob nun jetzt oder später, dann sei so nett und mach Nägel mit Köpfen. Ich halte nichts davon, lange herumzudrucksen oder nur aus Gewohnheit oder falscher Rücksichtnahme …«

»Sophie?«

»… nicht mit der Wahrheit … Was?«

Carsten suchte ihren Blick. »Es ist okay, ich hab dich verstanden.« Er näherte sich ihr so weit, bis sich ihre Lippen fast berührten. »Und dein Wort sei mir Befehl.« Er küsste sie sanft, aber bestimmt.

Oh, wie schön. Küssen ist gut. Dann bin ich ja beruhigt.

Sophie stieß einen überraschten Laut aus und rang nach Atem. »Was …?«

»Ich tue das, was du gesagt hast«, erklärte er. »Ich mache Nägel mit Köpfen.«

»Ich meinte doch aber …«

»Sophie«, wiederholte er, diesmal mit einer leichten Ungeduld in der Stimme, »ist dir vielleicht schon mal der Gedanke gekommen, dass ich mich auch in dich verliebt haben könnte?«

Sie merkte auf. »Hast du das?«

»Ich fürchte ja.« Er zwinkerte ihr zu und küsste sie noch einmal.

Für einen Moment schien die Zeit stillzustehen. Als ihre Lippen sich zögernd voneinander lösten, blickte Sophie forschend in seine grauen Augen. »Dir ist schon klar, dass ich meine Meinung über dich trotzdem nicht ändern werde?«

»Warte es ab, ich arbeite so lange daran, bis du nicht mehr anders können wirst.»

»Pfff, wovon träumst du eigentlich nachts?«

»Das wüsstest du wohl gerne.« Seine Stimme nahm einen heiseren Klang an.

Sie kicherte. »Carsten?«

»Hm?«

»Versprichst du mir etwas?«

Neugierig legte er den Kopf ein wenig schräg. »Was denn?«

»Bleib immer so, wie du bist. Ich meine, lass dir nicht doch eines Tages deinen Erfolg zu Kopf steigen oder so.«

»Na, ich will doch hoffen, dass das Gleiche auch auf dich zutreffen wird«, scherzte er.

Doch Sophie ging nicht darauf ein. »Im Ernst, Carsten. Als wir uns zum ersten Mal begegnet sind, habe ich dich falsch eingeschätzt. Du kannst zwar manchmal ganz schön großspurig und überheblich sein, und ziemlich sicher werden wir deswegen noch oft aneinandergeraten. Aber gleichzeitig bist du auch der ehrlichste Mensch, dem ich je begegnet bin. Du nimmst kein Blatt vor den Mund und auch, wenn ich nicht immer – nun gut, selten – mit dir einer Meinung bin, weiß ich doch inzwischen, dass du am Ende das Richtige tust. Weißt du noch, wie sehr ich mich in den ersten Tagen über deine Art aufgeregt habe, die Interviews zu führen?«

»Wie könnte ich das vergessen?« Er schmunzelte.

Sophie blieb weiterhin ernst. »Als ich dann deinen ersten Artikel gelesen habe, hätte ich vor Rührung beinahe geweint.«

»Das lag sicher nicht in meiner Absicht.«

»Doch, tat es.« Sie lächelte. »Deshalb überhäufen sie dich ja auch ständig mit Lob in den höchsten Tönen. Also?«

»Also was?«

»Versprichst du mir, immer so offen und ehrlich zu bleiben?«

Sie spürte, wie er sich kurz versteifte. Sein Blick verschleierte sich für einen Moment, dann schien er sich einen Ruck zu geben. »Ich werde mein Bestes tun, Sophie«, antwortete er und zog sie in seine Arme. »Deshalb würde ich gerne ...«

»Liebe Zeit, ist es euch hier draußen nicht langsam zu kalt?«

Das frage ich mich auch schon die ganze Zeit.

Tessa war in der Haustür erschienen und musterte erst Sophie, dann Carsten. »Verzeihung, störe ich? Ich wollte fragen, ob ihr nicht langsam wieder reinkommen wollt. Der Kaffee wartet auf euch. Außerdem kommt Lukas sicherlich gleich nach Hause, und Tatjana ist auch gerade aufgewacht. Mit der Ruhe ist es also ganz sicher bald vorbei. Dabei wollten wir doch noch mehr über die Sozialstation erfahren. Tom hat eben überlegt, ob wir noch kurzfristig einen Wunschbaum organisieren könnten. Ihr wisst schon: Die Leute aus der Station dürfen ihre Wünsche auf Zettel schreiben und an einen Tannenbaum hängen, und der wird dann irgendwo an einem öffentlichen Platz aufgestellt. Die Leute, die daran vorbeigehen, können dann einen Zettel abnehmen und den jeweiligen Wunsch erfüllen. Ich hab so was schon mal im Fernsehen gesehen. Was meint ihr?«

Sophie hörte, wie Carsten etwas ungehalten die Luft ausstieß, doch als sie ihn ansah, lächelte er. »Klar, das ist eine gute Idee. Wir kommen gleich rein«, sagte er zu Tessa.

»Okay, aber lasst euch nicht zu viel Zeit. Obwohl ihr bei näherer Betrachtung nicht gerade ausseht, als sei euch kalt.« Tessa zwinkerte ihnen zu und verschwand wieder im Inneren des Hauses.

Stimmt, die beiden halten einander gegenseitig warm. Aber mir wird es hier draußen langsam ungemütlich. Warte Tessa, ich komm wieder mit rein. Hier scheint ja alles in Ordnung zu sein. Da brauche ich mir wohl doch keine Sorgen zu machen.

»Na komm.« Carsten nahm Sophie bei der Hand. »Gehen wir rein und sprechen über Wunschbäume.«

Sophie folgte ihm und musterte ihn heimlich von der Seite. Sie wurde das Gefühl nicht los, dass etwas nicht stimmte. Irgendetwas hatte er eben noch sagen wollen. Als sie das Wohnzimmer betraten, schob sie den Gedanken jedoch zunächst beiseite, denn Tom und Tessa bestürmten sie gleich mit ihren Ideen für das Hilfsprojekt.

17. Kapitel

»Arthur? Wo steckt er?« Fuchsteufelswild rauschte Sophie durch die Tür zum Büro des Leiters der Sozialstation. In der Hand hielt sie den Ausdruck einer E-Mail, die sie kurz zuvor von Carsten erhalten hatte.

»Guten Abend, Sophie«, grüßte Arthur und erhob sich, um ihr entgegenzugehen. »Was ist denn passiert?«

»Ich suche Carsten. Er hilft doch donnerstags immer hier, oder etwa nicht?«

»Normalerweise schon.«

Sophie hielt inne. »Also heute nicht? Wo ist er denn dann?«

»Keine Ahnung.« Sichtlich verlegen räusperte Arthur sich. »Mir hat er schon Anfang der Woche gesagt, dass er heute nicht hier sein kann. Ich dachte, ihr seht euch regelmäßig.«

»Ja, sicher. Allerdings war er wegen irgendwelcher Recherchen die letzten drei Tage fast nur unterwegs. Seit Sonntag haben wir nur gemailt und kurz telefoniert.« Ihr Blick fiel wieder auf den Ausdruck in ihrer Hand, und ihre Miene verfinsterte sich wieder. »Das hier hat er mir vorhin geschickt. Ich könnte ihn umbringen!«

Interessiert trat Arthur näher. »Was ist das?«

»Sein neuester Artikel. Er will doch tatsächlich darin

die Wunschzettel der Kinder veröffentlichen, die wir befragt haben.«

»Und?«

»Und?«, rief sie aufgebracht. »Das ist viel zu intim, habe ich ihm gesagt. Irgendwo muss doch auch eine Grenze sein, oder? Da sind ein paar ganz persönliche Wünsche dabei, die gehen die Öffentlichkeit nichts an.«

Arthur nahm ihr die Ausdrucke ab und überflog den Artikel. »Ich sehe, was Sie meinen, Sophie. Aber er würde das doch nicht tun, wenn er nicht die Erlaubnis hätte, oder?«

»Das ist doch gar nicht der Punkt!«, ereiferte sie sich. »Bei unserer letzten Besprechung hat er davon nichts gesagt, und jetzt schickt er mir einfach ohne Erklärung das da.« Sie deutete auf den Artikel. »Und dann ist er noch nicht mal erreichbar, damit ich ihm die Ohren abreißen kann. Sein Handy ist ausgeschaltet, zu Hause ist er nicht. Klar, wozu auch? Er muss sich ja nicht mal um Lulu kümmern, weil sie die letzten Tage über bei mir war.«

»Sie kümmern sich um seinen Hund?«

»Wer soll es denn sonst tun?« Sophie verschränkte die Arme vor der Brust. Einen langen Moment starrte sie vor sich hin, dann hob sie den Kopf und sah Arthur unsicher an. »Wo könnte er sich denn rumtreiben? Sie kennen ihn schon lange, nicht wahr? Bestimmt wissen Sie so einiges über ihn.«

»Kann schon sein.« Arthur schien ihre Frage unangenehm zu sein. Er gab ihr den Ausdruck zurück und setzte sich wieder hinter seinen Schreibtisch. Mit einer Hand deutete er auf die Besuchersessel, und Sophie setzte sich.

»Er ist in manchen Dingen so verschlossen«, fuhr sie fort. »Warum sagt er mir nicht, wohin er fährt und was für Recherchen er in letzter Zeit zu erledigen hat?«

»Vielleicht ist das Thema noch geheim«, schlug Arthur vor.

»Ach was, er redet ja auch nicht über seine Familie oder seine Vergangenheit. Wann immer ich ihn darauf anspreche, weicht er mir aus.« Sie runzelte die Stirn. »Hat er irgendwelche Leichen im Keller?«

Verdutzt sah Arthur sie an, dann lachte er. »Hat das nicht jeder?«

»Eine Freundin?«

»Außer Ihnen meinen Sie? Das kann ich mir nicht vorstellen. Er ist schließlich nicht lebensmüde«, scherzte er. Als sie nicht darauf einging, wurde er wieder ernst. »Machen Sie sich keine Sorgen, Sophie. Er wird Ihnen schon noch von sich erzählen. Er ist bloß ...« Zögernd rieb er sich übers Kinn. »Er ist extrem vorsichtig mit dem, was er über sich preisgibt.«

»Warum?«

Arthur schüttelte bedauernd den Kopf. »Das muss er Ihnen selbst sagen. Ich habe nicht das Recht, mich da einzumischen. In einer Sache bin ich mir aber ganz sicher: Er ist Ihnen sehr zugetan.«

»Das weiß ich.« Sophie lächelte. »Trotzdem könnte ich mich über ihn schwarzärgern.«

»Er sagt dasselbe über Sie.«

»Das kann ich mir denken.« Sophie erhob sich seufzend. »Da Sie offenbar auch nicht wissen, wo er abgeblieben ist ...«

»Leider nicht.«

»Dann bringe ich mal Lulu zu ihm nach Hause. Irgendwann wird er ja wohl wieder zurückkommen, von wo auch immer.« Kopfschüttelnd streckte sie ihm die Hand entgegen. »Tut mir leid, dass ich so einfach hier reingeschneit bin. Sie haben bestimmt viel zu tun. Machen Sie eigentlich jemals Feierabend?«

Arthur ergriff lachend ihre Hand. »Selten. Heute habe ich die Spätschicht übernommen. Drüben im Aufenthaltsraum sitzen noch ein paar unserer Leute zusammen bei Glühwein und Plätzchen. Meine Frau hat sich dazugesetzt und versucht, ein paar Frauen das Stricken beizubringen.«

»Im Ernst?« Sophie lächelte. »Hat sie Erfolg damit?«

»Das werden wir noch sehen.« Prüfend blickte Arthur auf die Uhr. »Ich sollte mal schauen, was mein Sohn macht. Toni soll im Keller alte Zeitungen bündeln und in Kartons packen. Morgen wird das Altpapier abgeholt, und wir haben festgestellt, dass unten noch unzählige alte Zeitschriften herumliegen, die kein Mensch mehr braucht.«

»Kann ich vielleicht irgendwie helfen?«, fragte Sophie spontan.

»Ich dachte, Sie wollten sich um Lulu kümmern.«

»Sie sitzt im Auto und wartet auf mich. Ich könnte sie hereinholen, wenn es Sie nicht stört.«

Arthur zögerte. »Wenn Sie meinen …«

»Warum denn nicht?« Entschlossen zog Sophie ihren Mantel aus und hängte ihn über die Stuhllehne. »Ich hole sie nur rasch herein. Wenn Carsten meint, er müsse sich in der Weltgeschichte herumtreiben, ohne mir zu sagen, wo oder wann er zurückkommt, dann kann ich doch wohl hier aushelfen, nicht wahr? Immerhin hätte er ja heute sowieso hier Dienst gehabt. Den übernehme ich jetzt einfach.«

»Also gut, dann mal los.«

Wo sind wir denn hier? In einem muffigen Keller? Ich dachte, wir spielen vielleicht etwas oder essen von den Plätzchen, die ich ganz deutlich gerochen habe, als wir hereingekommen sind. Das ist jetzt aber langweilig.

»Leg dich hierher, Lulu!« Sophie deutete auf eine alte Decke, die sie neben dem Tisch ausgelegt hatte, auf dem sich Papier und Kartons stapelten. »Platz!«

Also gut, wie du meinst.

»Der Hund ist aber gut erzogen«, staunte Toni, der neunzehnjährige Sohn von Arthur, der wie seine gesamte Familie viel und gerne in der Sozialstation aushalf. Im Augenblick war er dabei, einen Berg alter Zeitungen zu sortieren und mit Kordel zu ordentlichen Bündeln zusammenzubinden.

Sophie begann derweil, einen Karton mit alten Ausgaben von Hochglanzmagazinen zu befüllen.

»Ja, Lulu ist eine ganz Liebe. Nicht wahr, Schätzchen?«

Das will ich meinen!

»Kann sie auch Kunststücke?«

Kunststücke? Was ist das?

»Das weiß ich nicht, Toni. Ich glaube nicht. Carsten hat sie von seiner Schwester geschenkt bekommen, und die hat davon wohl kein Wort gesagt. Aber eine ausgezeichnete Hundeschule muss sie mit Lulu besucht haben.«

»Ich wollte auch immer einen Hund haben, aber das ging in unserer Wohnung nicht. Und jetzt gehe ich bald studieren, da wäre ein Hund total unpraktisch. Aber vielleicht später mal, wenn ich eine Familie habe.«

Sophie nickte dem jungen Mann lächelnd zu und schloss gleichzeitig den Karton, der jetzt bis zum Rand mit Altpapier gefüllt war.

»Warten Sie, ich mach das schon.« Toni nahm eine Rolle Klebeband vom Tisch und verschloss den Karton mit wenigen Handgriffen. Dann wuchtete er ihn vom Tisch zu den anderen Bündeln.

Huch! Wau! Vorsicht bitte! Was bewerft ihr mich denn mit Zeitungen?

»Oh, entschuldige, Lulu!« Lachend bückte sich Sophie und hob das schwere, glänzende Magazin auf, das Toni versehentlich von der Tischplatte gefegt hatte und das direkt auf der Hündin gelandet war. »Schau sich einer das an«, murmelte Sophie, als ihr Blick auf die Doppelseite fiel, die zufällig aufgeklappt war. »Ein Artikel über Elena Gante, die Modeschöpferin. Das ist aber selten, die zeigt sich doch sonst fast nie in der Öffentlichkeit.« Neugierig warf Sophie einen kurzen Blick auf das Titelblatt des Magazins. Es handelte sich um eine bekannte Wirtschaftszeitschrift. »Woher habt ihr eigentlich die ganzen Magazine und Zeitungen?«, fragte sie Toni.

»Ach, die bringt Carsten immer mal mit«, antwortete dieser etwas abwesend. »Er kriegt sie wohl irgendwie gratis für uns …« Sein Blick war ebenfalls auf den Artikel gerichtet. »Das ist ja witzig! Da ist Elena mit Lulu abgebildet. Das muss im Sommer gewesen sein, als sie … äh, oh Mist.« Toni verstummte und wurde sichtlich blass.

Sophie hielt mitten in der Bewegung inne und starrte ihn verblüfft an. »Elena und Lulu? Meinst du etwa Elena Gante?« Sie zog das Magazin näher zu sich heran und betrachtete die Bilder, die den Artikel umrahmten, etwas genauer. In einer Ecke war ein Schnappschuss der bekannten Designerin zu sehen, auf der sie tatsächlich einen Hund an der Leine führte, der Lulu zum Verwechseln ähnlich sah. Dass es sich tatsächlich um die kleine Cockerspaniel-Dame handelte, erkannte Sophie allerdings an dem auffälligen Diamanthalsband mit der passenden Leine, die sie noch vor wenigen Tagen in der Kiste in Carstens Wohnzimmer entdeckt hatte. Ihr stockte der Atem.

»Das gibt es doch nicht!«, murmelte sie erschüttert. Dann hob sie den Kopf und blickte zu Toni, der sie verlegen beobachtete. »Was hat das zu bedeuten? Woher kennst du Elena Gante, und warum ist sie hier mit Lulu abgebildet?« Sie kannte die Antwort bereits, doch ihr Verstand weigerte sich, sie zu akzeptieren.

Toni nestelte an der Tasche seines Kapuzenshirts herum. »Ähm, sorry. Ich hätte gar nichts sagen dürfen.

Wir haben es ihm fest versprochen. Das mit Elena ist mir nur so rausgerutscht. O Mann!« Er fuhr sich nervös über sein kurzgeschnittenes schwarzes Kraushaar. »Das gibt Ärger!«

»Toni, bitte!« Sophie trat auf ihn zu und fasste ihn am Arm. »Willst du mir sagen, dass Elena Gante, die berühmte Designerin, Carsten Braumanns Schwester ist?«

»Äh, ja, ich schätze schon. Also, sie ist es. Eigentlich heißt sie Elena Braumann. Elena Gante fand sie nur besser für ihre Modefirma.«

»Na, ihr beiden, wie kommt ihr zurecht? Sophie, wenn Sie möchten, können Sie gleich mit uns zu Abend ess…« Arthur brach ab, als er durch die offene Kellertür trat und die peinlich berührte Miene seines Sohnes sah. »Stimmt was nicht?«

»Sorry, Papa, ich hab mich wohl übel verplappert«, stieß Toni hervor und zog den Kopf zwischen die Schultern.

»Verplappert? Weswegen?«

»Sie wussten die ganze Zeit Bescheid und haben kein Sterbenswörtchen gesagt«, fuhr Sophie ihn an.

»Wie bitte? Was habe ich gewusst?« Sein Blick fiel auf die aufgeschlagene Zeitschrift. Rasch trat er näher und betrachtete sie genauer. »O je«, murmelte er.

»O je? Mehr fällt Ihnen dazu nicht ein?« Mit düsterer Miene baute Sophie sich vor ihm auf. »Elena Gante ist Carstens Schwester? Ist das die Leiche, die Carsten im Keller hat? Warum will er nicht, dass ich erfahre …« Sie wurde blass. »O Gott. Elena Gante ist die Tochter von Nora Gante, nicht wahr? Und der gehört, wenn man den Gerüchten glauben darf, die *B-Media-Group*.«

Arthur räusperte sich. »Ihr und ihrem Mann, um genau zu sein.«

Sophie rang nach Atem. »Ihrem Mann. Das bedeutet …«

Seufzend legte Arthur ihr eine Hand auf die linke

Schulter und führte sie zu einem der Stühle, die um den Tisch verteilt standen. »Setzen Sie sich erst mal.«

»Ich möchte mich nicht setzen! Ich will sofort wissen, was …«

»Bitte, setzen Sie sich, Sophie!«, beharrte er und drückte sie regelrecht auf den Stuhl. Rasch ließ er sich ihr gegenüber nieder.

»Carsten ist Nora Gantes Sohn?«, brachte sie schließlich mit belegter Stimme hervor.

»Das B in *B-Media* steht für Braumann«, antwortete Arthur ruhig. »Er ist der Junior-Chef des Konsortiums.«

»Aber …«

»Wir mussten alle einen heiligen Eid schwören, nichts darüber verlauten zu lassen. Weder Ihnen noch sonst irgendjemandem gegenüber.«

Ermattet ließ sich Sophie gegen die Stuhllehne sinken. »Warum?«

»Können Sie sich das nicht vorstellen? Er wollte weder als Firmenchef und Millionär auftreten noch als solcher behandelt werden.«

»Millionär.« Wiederholte Sophie tonlos, richtete sich abrupt wieder auf. »Millionär! So ein Arschloch! Er hat mich belogen, ohne mit der Wimper zu zucken.«

Huch, was ist denn jetzt los. Sophie? Warum schimpfst du so schrecklich?

»Er wollte es Ihnen sagen, ganz sicher.«

»Er hat mit Ihnen darüber gesprochen? Über mich gesprochen?« Sophie sprang auf. »Das ist ja wohl die Höhe! Er wollte es mir sagen? Wann denn?« Sie fixierte Arthur zornig. »Wo steckt er? Und behaupten Sie nicht, Sie hätten keine Ahnung! Ich glaube Ihnen kein Wort mehr.«

»Ich weiß es wirklich nicht, Sophie. Ich kann nur vermuten, dass es etwas Geschäftliches ist und er deshalb nach Köln musste. Wohin wollen Sie denn jetzt?«

Ja, wohin willst du, Sophie? Nimmst du mich nicht mit?

»Was glauben Sie denn? Ich fahre zu ihm und stopfe ihm seinen verlogenen Artikel in den Hals!«

»Warten Sie!« Ehe Sophie aus dem Kellerraum stürzen konnte, hatte Arthur sie am Arm gefasst und hielt sie zurück. »Beruhigen Sie sich doch erst einmal. Carsten hatte gute Gründe …«

»Gute Gründe? Dass ich nicht lache! Was hatte er denn vor? Mich noch eine Weile an der Nase herumführen und sich in meinem Bett vergnügen, bis er mich überhat? Und was dann? Sorry, Schatz, aber ich muss zurück zu meinem Highlife? Du warst ja eine nette Abwechslung, aber jetzt brauche ich doch wieder die reichen Miezen mit den künstlichen Brüsten und Botoxlippen?« Sophie fasste sich an den Kopf. »Ich fasse es einfach nicht.«

»So ist es doch gar nicht. Bitte, Sophie, Sie dürfen keine falschen Schlüsse ziehen.«

»Keine Sorge, ich ziehe schon die richtigen Schlüsse, Arthur. Darauf können Sie sich verlassen.«

»Nein, das tun Sie nicht. Sie können Carsten doch nicht vorwerfen, dass er reich ist.«

Wütend funkelte sie ihn an. »Es ist mir scheißegal, ob er so reich ist wie Dagobert Duck höchstpersönlich. Er hat mich angelogen. Kaltblütig und ohne einen Funken schlechten Gewissens. Das werfe ich ihm vor.« Wild blickte sie sich um. »Lulu? Komm, wir gehen. Ich bringe dich zu deinem Mistkerl von Herrchen zurück.«

Zu wem? Moment mal, zu Carsten? Bist du auf ihn böse? Warum denn auf einmal? Oh, mir schwant Schlimmes. Irgendwas ist ganz und gar nicht in Ordnung. Hey, pass doch auf, Sophie. Du zerrst mich ganz arg mit der Leine!

18. Kapitel

»Santa Claus, Santa Claus! Komm schnell, ein Unglück, ein Unglück.« Völlig außer Atem kam Elfe-Sieben in die Geschenkefabrik gestürmt, in der der Weihnachtsmann gerade mit einigen weiteren Elfen die Fließbänder kontrollierte.

Verwundert wandte er sich seiner aufgeregten Assistentin zu. »Was ist denn passiert, Elfe-Sieben? So beruhige dich doch erst einmal.«

»Das kann ich nicht. Schau her, das musst du sehen.« Die Elfe hielt ihm einen kleinen Tablet-Computer vor die Nase, auf dem die Videodaten einer der Bildschirme aus seinem Büro übertragen wurden.

Verständnislos blickte Santa darauf. »Ein leerer Kellerraum?«

»Oh, nein, natürlich nicht. Moment.« Elfe-Sieben drehte die Aufnahme so weit zurück, dass der Weihnachtsmann sehen konnte, was gerade auf der Erde passiert war.

Als Santa Claus sich die Aufnahme angesehen hatte, strich er sich besorgt durch den Bart. »Das ist in der Tat schlimm. So was Blödes, warum hat Carsten ihr das auch so lange verschwiegen?«

»Hab ich nicht gesagt, dass das noch zu Problemen führen wird?«, rief die Elfe verzweifelt. »Was machen wir denn jetzt bloß?«

»Versuch erst mal, Sophie zu orten und herauszufinden, was sie jetzt vorhat«, bestimmte der Weihnachtsmann. »Gehen wir am besten in mein Arbeitszimmer dazu. Und dann rufen wir Elf-Zwei und Elf-Acht dazu und halten Krisenrat. Vielleicht wird es ja auch gar nicht so schlimm.«

»Nicht so schlimm?« Elfe-Sieben raufte sich die Haare. »Hast du nicht gesehen, wie wütend und verletzt Sophie ist? Das geht ganz übel aus, wenn uns nicht gleich etwas einfällt.«

19. Kapitel

Ui, mir wird ganz schlecht hier hinten im Auto. Ich fahre ja ganz gerne in der Transportbox, aber doch nicht, wenn du so rast, Sophie! Ich werde ganz schrecklich herumgeworfen und durchgeschüttelt.

»Entschuldige, Lulu«, knurrte Sophie. »Hör auf zu winseln! Ich reiße mich ja schon zusammen, auch wenn ich am liebsten auf der Stelle explodieren würde.« Sie warf einen kurzen Blick auf das Display ihres Smartphones, auf dem der Weg zur Kölner Zentrale der *B-Media-Group* angezeigt wurde. Sie hatte keine Ahnung, was sie tun sollte, wenn sie dort ankam. Sie konnte ja nicht einfach fragen, wo Carsten wohnte – oder seine Familie. Das würde man ihr ganz sicher nicht verraten.

Als sie auf dem Parkplatz des riesigen Gebäudekomplexes hielt, in dem sich der Hauptsitz des Medienkonzerns befand, wurde ihr für einen Moment ganz schwindelig. Carsten sollte der Chef dieses Konsortiums sein? Vorsichtig rieb sie sich die Schläfen, hinter denen es heftig pochte. Wie hatte er sie nur derart anlügen können? Und weshalb gab er sich überhaupt als Journalist aus, wenn er in Wahrheit ein Firmenimperium zu leiten hatte?

»Du kannst dir deine Artikelreihe sonst wohin schieben«, murmelte sie und stieg aus dem Wagen aus. Schaudernd rieb sie sich über die Oberarme. Es war nasskalt, nur wenige Grad über Null, und es regnete leicht. Um diese Zeit arbeiteten nur noch vergleichsweise wenige Menschen hier; es war bereits kurz vor neun Uhr. Als sie die Stimmen zweier junger Frauen hinter sich vernahm, spitzte sie unwillkürlich die Ohren. Die beiden gingen untergehakt über den Parkplatz und unterhielten sich lautstark.

»Fährst du heute Abend noch in den Klub?«

»Nee, lohnt sich nicht. Kommt ja doch niemand Interessantes.«

»Du wartest ja nur darauf, dass sich der Juniorchef blicken lässt.«

»Gar nicht«

»Natürlich! Aber das kannst du vergessen. Der geht nur in solche Schuppen, wenn man ihm 'ne Pistole auf die Brust setzt. Wenn du den abschleppen willst, musst du ganz andere Geschütze auffahren. Der gibt sich mit so was wie uns nicht ab.«

»Ich weiß. Total schade, oder? Ich hab ihn erst ein einziges Mal in der Firma gesehen. Mann, der sieht so gut aus. Ob er verheiratet ist?«

»Glaube ich nicht. Das wäre durchgesickert.«

»An ihn ran kommt man aber echt nicht, oder?«

»Nee, keine Chance. Weiß ja nicht mal wer, wo er wohnt.«

»Dafür weiß ich aber, wo seine Mutter lebt. Ich musste nämlich die Einladungen für ihr heutiges Charity-Dinner eintüten und verschicken. Sonnbachallee zwölf, draußen vor der Stadt. Nobler geht's nicht.«

»Wow, da würde ich auch gerne wohnen. In so einer richtigen Villa mit Pool und Personal und allem Drum und Dran.«

»Wer nicht? Weißt du was, ich glaube, ich komme doch mit in den Klub. Vielleicht sind ja doch ein paar gute Typen dort. Es muss ja nicht gleich ein Multimillionär sein.«

»Würde aber auch nicht schaden!«

Kichernd stiegen die beiden Frauen in eines der Autos und fuhren los.

Sophie blickte dem davonfahrenden Wagen schweigend nach. Sonnbachallee zwölf. Sie zog ihr Smartphone hervor. Einen Versuch war es wert.

»Carsten, Schätzchen, deine Fliege sitzt ganz schief!« Nora Gante-Braumann zupfte am Hemdkragen ihres Sohnes herum.

»Mam, lass das!«, protestierte er zwischen zusammengebissenen Zähnen hindurch, behielt sein freundliches Lächeln jedoch bei, mit dem er die eintreffenden Gäste an der Haustür des Anwesens seiner Eltern begrüßte. Als sie von ihm abließ, fasste er selbst an die Fliege und hätte sie am liebsten gelockert. Nur selten ließ er sich überreden, einen schwarzen Smoking anzuziehen, doch heute war ihm nichts anderes übriggeblieben. Das Wohltätigkeits-Dinner seiner Mutter, das jedes Jahr kurz vor Weihnachten stattfand, war eine unverzichtbare Gelegenheit, einige der wohlhabendsten und einflussreichsten Familien der Umgebung für seine Pläne zu begeistern. Mit den meisten hatte er vorher schon erste Gespräche geführt, und er hoffte, heute einige verbindliche Zusagen für Spenden oder Sponsoring zu erhalten.

Ärgerlich nur, dass der Abend erst so spät begann und deshalb auch erst zu entsprechend fortgeschrittener Stunde enden würde. Wie gerne hätte er den Abend und die Nacht mit Sophie verbracht. Auch wenn sie nach wie vor schnell in Streit gerieten, gefiel ihm die lockere, ungezwungene Atmosphäre in ihrer winzigen Wohnung oder auch in seiner eigenen um einiges besser als das förmlich-steife Dinner, das ihm jetzt bevorstand. Irgendetwas Selbstgekochtes, dann vielleicht Popcorn, ein guter Film, gemütlich auf der Couch …

»Guten Abend, Frau von Zabern«, begrüßte er eine

ältere Dame im Nerzmantel. Galant beugte er sich über ihre Hand. »Sie sehen heute wieder ausgesprochen reizend aus, direkt zum Anbeißen.«

»Ach, hören Sie schon auf, Sie kleiner Charmeur!« Die Dame kicherte. »Sie sollten sich wirklich ein Mädchen suchen, das Sie mit Ihrem Süßholzgeraspel beeindrucken können.« Sie zwinkerte ihm zu.

»Sehr wohl, gnädige Frau, ich werde es versuchen.« Carsten lächelte und dachte an Sophie, die ihm für das Süßholzgeraspel vermutlich verbal eins übergezogen hätte. Die beiden Welten, in denen er lebte, hätten unterschiedlicher kaum sein können. Je länger er darüber nachdachte, desto deutlicher wurde ihm, dass er sich bald entscheiden musste, was er tun sollte, um beide Welten unter einen Hut zu bringen. Er musste Sophie die Wahrheit sagen. Doch wann und wie? Vielleicht am Heiligen Abend, wenn der letzte der Artikel veröffentlicht und sein Plan, die Wünsche der von ihnen durch die Adventszeit begleiteten Familien anonym zu erfüllen, ausgeführt war. Ein wenig kam er sich wie der Weihnachtsmann höchstpersönlich vor. Selbstverständlich würde es zwischen den Jahren noch einen Nachbericht geben, und er musste höllisch aufpassen, dass er oder seine Firma nicht als Wohltäter geoutet wurde. Ihm ging es darum, den Menschen ihr Selbstvertrauen und den Glauben an sich selbst zurückzugeben. Deshalb hatte er es so in die Wege geleitet, dass alle Wünsche, vor allem die nach einer neuen Arbeitsstelle oder Wohnung, sich auf eine Weise erfüllten, die bei den Betroffenen den Eindruck erweckte, dass ihre eigenen Bemühungen zum Erfolg beigetragen hatten. Bei den Kindern freilich lag es etwas anders. Da würde er wohl eher den Glauben an Weihnachtsmann und Christkind schüren und untermauern. Deshalb hatte er zu Beginn der Interviews auch so hartnäckig gefragt, ob die Kinder an diese Wunscherfüller glaubten. Da sie es interessanterweise durchweg taten, würden sie darin nun mit Sicherheit bestätigt. Carsten fand, dass es nicht schadete, ein wenig Magie in das Leben der Menschen zu bringen, auch wenn diese Magie in Wahrheit von Menschenhand gesteuert wurde.

»Carsten, Süßer! Wie geht es dir? Meine Güte, haben wir uns schon lange nicht mehr gesehen!« Eine hochgewachsene Schwarzhaarige im tief dekolletierten silbernen Abendkleid warf sich in seine Arme und küsste ihn auf beide Wangen.

»Hallo, Astrid«, begrüßte er sie freundlich und ließ es zu, dass sie sich bei ihm unterhakte. »Bist du alleine hier? Ich dachte, wir hätten deinen derzeitigen Freund ebenfalls eingeladen. Wie hieß er noch gleich? Gerald?«

»Hör mir bloß mit dem auf!« Graziös winkte Astrid ab. »Den habe ich gestern vor die Tür gesetzt, nachdem er es gewagt hatte, zweimal so einer vollbusigen Blondine aus seinem Autohaus nachzugaffen. Meine Güte, fast hätte er dabei gesabbert!«

»Ein Schwerverbrechen«, befand Carsten und meinte es auch so. »Er wusste wohl nicht, was er an dir hatte.«

»Offenbar nicht.« Astrid küsste ihn noch einmal auf die Wange. »Hach, warum kann bloß aus uns nichts werden? Wir wären ein so schönes Paar!«

Carsten lachte. »Weil Mam dann sofort einen Schreikrampf wegen Blutschande kriegen würde.«

»Warum denn bloß? Cousin und Cousine, das ist nicht verboten.«

»In unserer Familie schon. Abgesehen davon wäre mir ein Leben an deiner Seite zu teuer.«

»Dir?« Astrid lachte schallend.

»Und zu anstrengend.«

»Das schon eher, Schätzchen. Wenn du wüsstest …«

»Behalt es lieber für dich.«

»Spielverderber!« Sie kicherte. »Aber sag mal, wann willst du denn mal endlich sesshaft werden?«

»Würde ich gerne.«

»Ach? Mit wem?«

»Das ist geheim.« Er grinste.

»O nein, so nicht!« Sie griff nach den Aufschlägen seiner Jacke. »Wer ist sie?«

Er dachte an Sophie und lächelte automatisch. »Sie wird dir gefallen, denn in gewisser Weise ist sie genauso nervtötend wie du.«

»Ich bin nervtötend?« Gespielt beleidigt schob Astrid die Unterlippe vor.

»Und wie, Süße.« Er blinzelte ihr zu.

»Ist sie heute Abend hier?«

»Nein.«

»Warum nicht?«

»Weil …« Er hob die Schultern. »Sie weiß nicht, wer ich wirklich bin. Sie kennt mich nur als Carsten Braumann, den Journalisten.«

»Wie bitte?« Fassungslos starrte Astrid ihn an. »Moment mal, ist es etwa die Fotografin, mit der du die Artikelserie für *Zeitschritte* machst?«

»Genau die.«

»Und warum in aller Welt sagst du ihr nicht, dass dir der Laden gehört … unter anderem?«

»Weil …« Er zögerte. »Das ist kompliziert.«

»Nein, das ist total bescheuert! Glaubst du nicht, dass sie Luftsprünge machen würde, wenn sie wüsste, dass du reicher bist als …«

»Astrid, hör auf! Genau das will ich nicht.«

»Was willst du nicht?«, fragte sie irritiert.

»Dass sie nur wegen meines Geldes mit mir zusammen ist. Sie akzeptiert mich als der Mensch, der ich bin, nicht als den reichen Firmenchef, der ihr die Welt zu Füßen legen könnte, wenn er wollte.«

»Hast du sie nicht mehr alle?« Astrid tippte sich an die Schläfe.

»Ich versichere dir, dass ich im Vollbesitz meiner geistigen Kräfte bin«, entgegnete er stur. »Natürlich muss ich ihr bald die Wahrheit sagen, aber ich wollte, dass sie mich erst ohne Vorurteile kennenlernt. Außerdem habe ich nicht wissen können, dass ich mich gleich in sie verlieben würde.«

»Dann ist es dir also ernst mit ihr?«

Er nickte. »Ziemlich.«

»Und sie hat keinen Schimmer, wer du bist?«

»Noch nicht.«

»Ist sie groß, schlank, braunes Haar?«

Verblüfft merkte Carsten auf. »Ja, warum fragst du?«

»Weil ich fürchte, dass deine Maskerade gerade aufgeflogen ist. Und ich kann nur hoffen, dass sie nicht so böse ist, wie sie im Augenblick aussieht. Ansonsten kannst du deine Zukunftspläne nämlich die Toilette runterspülen.« Mit dem Kinn wies Astrid in Richtung des großen, schmiedeeisernen Tores, durch das gerade eine schwarze Limousine auf das Haus zufuhr. Im Schein der antiken Laternen zu beiden Seiten der Zufahrt erkannte Carsten die Gestalt einer Frau im blauen Wintermantel, die mit finsterer Miene zu ihm herüberstarrte. Neben ihr saß Lulu auf dem nassen Pflaster.

Ihm wich alles Gefühl aus den Gliedern. »Sophie!« Er machte sich von Astrid los. »Entschuldige mich kurz.«

»Viel Glück!«, rief sie ihm hinterher.

Obgleich es wieder zu regnen begonnen hatte, eilte er im Laufschritt zum Tor und blieb direkt vor Sophie stehen.

»Hallo«, sagte er etwas atemlos. »Was machst du hier?«

»Dasselbe könnte ich dich fragen«, antwortete sie mit eisiger Stimme.

»Hör zu, Sophie, lass mich bitte erklären ...«

»Nein, Carsten, ich habe genug gesehen. Wer glaubst du eigentlich zu sein, dass du meinst, mich derart belügen zu dürfen? Hast du gedacht, das mache ich so einfach mit? Wenigstens weiß ich jetzt, warum du so ein Großkotz bist. Muss wohl ein Geburtsfehler sein. Hier.« Sie drückte ihm Lulus Leine in die Hand. »Ich bin fertig mit dir.« Sie beugte sich kurz zu Lulu hinab und streichelte ihr über den Kopf. »Mach's gut, Süße.« Abrupt richtete sie sich wieder auf und ging davon.

Hey, wohin gehst du denn, Sophie? Bleib doch hier! O nein, das ist nicht gut, gar nicht gut. Jaul!

»Sophie, warte!« Mit wenigen Schritten war Carsten an Sophies Seite und hielt sie am Arm fest, doch sie riss sich los.

»Rühr mich nicht an, Carsten Braumann!« Er hörte, wie ihre Stimme vor Zorn schwankte. »Geh zu deiner schwarzhaarigen Schönheitskönigin zurück und lass mich in Ruhe. Ich fasse es nicht, wie kaltblütig du sein kannst. Schleichst dich unter Vorspiegelung falscher Tatsachen in mein Leben … in mein Bett!«

»Sophie …«

»Nein, ich will nichts hören. Verdammt noch mal, Carsten, geh weg! Ich will dich nicht mehr sehen. Inga werde ich sagen, dass ich die restlichen Fototermine alleine mache.« Wieder wandte sie sich ab. »Hab ein schönes Leben«, fauchte sie und rannte mit großen Schritten davon.

He, worauf wartest du noch, Carsten? Lauf ihr nach! Ich renne auch mit, gar kein Problem. Auf vier Füßen bin ich sowieso schneller als du auf nur zweien.

»Carsten, wo bleibst du denn?«, hörte er seine Mutter rufen. »Du wirst doch ganz nass und ruinierst deinen Smoking. Komm bitte herein, das Dinner beginnt gleich. Und Klaus von Zabern möchte vorher unbedingt noch etwas Geschäftliches mit dir besprechen.«

Schnell, sonst ist Sophie weg! Mensch, lauter jammern kann ich nicht.

Zögernd blickte Carsten hinüber zum Haus, dann auf die winselnde Lulu und schließlich wieder hinter Sophie her. Er machte ein paar Schritte in ihre Richtung, doch da hatte sie bereits ihren Wagen erreicht, den sie ein Stück die Straße hinunter geparkt hatte.

Mist, jetzt ist es zu spät. Elfen, wo seid ihr, wenn man euch braucht? Hier geht gerade alles schief!

»Carsten, Schatz, was ist denn nun?«

Der Motor des Wagens sprang an.

»Verflucht!« Er ballte die Hände zu Fäusten, als er Sophie an sich vorüberfahren sah, den Blick starr auf die Straße gerichtet.

O je, und was nun?

Mit gespreizten Fingern fuhr er sich durch das vom Nieselregen feuchte Haar. Dann wandte er sich um und zog die Hündin sanft mit sich. »Komm, Lulu.« Still ging er zurück zum Haus, um seine Pflicht als Mitgastgeber dieses Abends zu erfüllen. Lulu folgte ihm bedrückt.

Sophie schloss die Tür zu ihrer Wohnung auf, griff nach den drei Einkaufstüten und lief schnurstracks in die Küche. Sie hievte die Tüten auf ihren kleinen Küchentisch und eilte zurück, um die Wohnungstür zu schließen. Dabei fiel ihr Blick auf die blinkende Anzeige des Anrufbeantworters. Zunächst wollte sie sie ignorieren, doch dann siegte ihr Verantwortungsbewusstsein. Vielleicht war es ein Kunde oder die Redaktion. Als sie die Nummer im Display sah, schaltete sie das Gerät jedoch aus, ohne die Nachricht abzuhören. Auch gestern Abend hatte sie bei ihrer Rückkehr eine Nachricht von Carsten vorgefunden. Zwei, um genau zu sein, denn er hatte wohl schon am Nachmittag versucht, sie zu erreichen. Sie hatte beide Aufnahmen gelöscht, ohne hineinzuhören.

Energisch wandte sie sich ab und ging zurück in die Küche, wo sie mit präzisen Bewegungen ihre Einkäufe in den Schränken sowie im Kühlschrank verstaute. Dann setzte sie Wasser auf und bereitete sich einen Apfel-Zimttee zu.

Eine der Einkaufstüten hatte sie auf dem Tisch liegengelassen. Sie enthielt Klebeband, bunte Bänder und mehrere Rollen Geschenkpapier. Heute Abend, so hatte sie sich vorgenommen, würde sie die Weihnachtsgeschenke für ihre Familie und Freunde hübsch einpacken. Rasch bestrich sie zwei Scheiben Vollkornbrot mit Butter und belegte sie mit Schinken, zündete die drei bereits angebrannten Kerzen auf ihrem Adventskranz an und schaltete schließlich auch noch den beleuchteten Weihnachtsmann im Küchenfenster sowie die kleine Lichtergirlande ein. Zu guter Letzt schob sie noch eine CD mit Weihnachtsmusik in den kleinen CD-Player im Regal neben dem Kühlschrank. Augenblicke später erfüllte die sonore Stimme Bing Crosbys mit *White Christmas* ihre Küche.

Sophie eilte in ihr Schlafzimmer und zog eine Kiste unter ihrem Bett hervor. Darin waren alle Geschenke verstaut, die sie in den vergangenen Tagen so sorgfältig ausgesucht hatte. Sie trug den Kasten in die Küche, stellte ihn auf einem der Stühle ab. Das erste Geschenk, das sie daraus hervorzog, war ein Buch, das sie für Tom besorgt hatte. Mit der Küchenschere schnitt sie sorgfältig das blaue Geschenkpapier mit den roten Kerzen darauf zu und wickelte das Buch darin ein. Das passende Geschenkband war schnell darum gewunden, und wenige Minuten später legte Sophie das Geschenk zufrieden auf ihre Anrichte. Als Nächstes kam eine DVD-Box zum Vorschein. Weihnachtsfilm-Klassiker, unter anderem auch *Der kleine Lord*, den Tessa so sehr liebte. Für sie hatte sie das rote Papier mit den Wichtelmännchen darauf vorgesehen. Nachdem auch dieses Geschenk hübsch verpackt war, widmete sich Sophie erst einmal ihrem Schinkenbroten und dem Tee. Dabei summte sie die Melodie von *Jingle Bells* mit und blätterte in einem der Modekataloge, die sich ständig bei ihr stapelten. Als sie zufällig eine Seite aufschlug, auf der Einzelstücke von Elena Gante vorgestellt wurden, klappte sie den Katalog rasch wieder zu und warf ihn mit Schwung in Richtung Altpapierkarton. Ihr Herzschlag hatte sich erhöht, deshalb trank sie betont langsam einen weiteren Schluck Tee und griff dann nach der nächsten Rolle Geschenkpapier. Es war grün mit lachenden Rentieren darauf. Verärgert warf sie es ebenfalls quer durch die Küche. Sie wusste gar nicht, warum sie es überhaupt gekauft hatte. Es erinnerte sie an die Sofakissen in Carstens Wohnung.

Missgelaunt zog sie das nächste Geschenk aus der Kiste. Ein weiteres Buch, diesmal für Lukas, der seit einiger Zeit ganz wild auf Abenteuergeschichten à la Robinson Crusoe war. Sie nahm noch einmal die blaue Rolle zur Hand und schnitt ein Stück Geschenkpapier ab. Doch irgendwie geriet der Zuschnitt schief, das Stück war zu schmal. Verärgert zerknüllte sie es und warf es unter den Tisch. Das nächste Stück riss beim Schneiden quer ein. Sophie fluchte und setzte die Schere ein drittes Mal an.

Als sie das Buch endlich leidlich verpackt hatte, war die blaue Papierrolle fast vollständig aufgebraucht, und unter dem Tisch lagen wild verstreut zerknitterte und zerknüllte Abschnitte in den verschiedensten Größen.

Sophies Tee war inzwischen kalt geworden, dennoch trank sie ihn aus und stellte die Tasse beiseite. Wieder tauchte ihre Hand in die Kiste und zog ein Geschenk hervor. Beinahe hätte sie es gleich wieder fallengelassen.

Der silberne Bilderrahmen schien zwischen ihren Fingern zu glühen. Vorsichtig legte sie ihn vor sich ab und starrte auf den Schnappschuss von sich und Carsten. Sie waren vergangene Woche gemeinsam auf dem Weihnachtsmarkt gewesen. Eigentlich, um Arthur und dessen Sohn Toni zu fotografieren, die dort einen Stand für die Sozialstation eingerichtet hatten, an dem einige der Obdachlosen und Hilfsbedürftigen selbstgebastelten

Weihnachtsschmuck feilboten. Sie hatten ein wenig herumgealbert, und Sophie hatte neben den beruflichen auch ein paar private Fotos geschossen. Dieses hier hatte jedoch Arthur aufgenommen. Es zeigte Carsten und sie Arm in Arm und grinsend; beide hatten sie rote Nikolausmützen auf dem Kopf. Vor ihnen saß Lulu auf einer umgedrehten Holzkiste und schaute etwas ungehalten in die Kamera, denn auch ihr hatten sie eine rote Mütze aufgesetzt. Sophie erinnerte sich noch genau, wie die Hündin die Mütze entrüstet abgeschüttelt hatte, sobald Arthur den Auslöser betätigt hatte.

In Sophie verkrampfte sich alles. Sie versuchte noch, nach einem anderen Geschenk in der Kiste zu greifen, doch ihre Augen brannten bereits verdächtig. Hastig schob sie das gerahmte Bild von sich, nahm ihren Teller und trug ihn hinüber zur Spüle. Kaum hatte sie ihn dort abgestellt, da schossen ihr die Tränen auch schon in die Augen. Sie hielt sich krampfhaft am Rand der Spüle fest und versuchte, das Schluchzen zu unterdrücken, das in ihrer Kehle hochstieg – vergeblich. Blindlings griff sie nach der Rolle mit den Küchentüchern und riss eines davon ab, presste es auf ihre Augen. Sie wollte wegen Carsten nicht weinen! Sie hatte es nicht nötig, sich von ihm unglücklich machen zu lassen.

Schniefend sank sie zurück auf ihren Stuhl. Wie hatte er sie nur derart kaltschnäuzig anlügen können? Das Bild, wie er Arm in Arm mit dieser schwarzhaarigen Schönheit vor dem Eingang der riesigen Villa gestanden hatte – es hatte sich in ihr inneres Auge eingebrannt. Aber das war nicht einmal das Schlimmste. Dass er stinkend reich war, hätte sie vielleicht noch verkraftet, denn was besagte Geld schon über einen Menschen? Doch sie fühlte sich betrogen und hintergangen, nicht nur von ihm, sondern von einer ganzen Reihe von Menschen. Arthur und seine Familie, Inga und die übrigen Mitarbeiter in der Redaktion … Wer wusste eigentlich alles Bescheid und hatte ihr gegenüber ebenfalls gelogen?

Erschrocken fuhr sie hoch, als es an der Wohnungstür klingelte. Sie zerknüllte das durchnässte Küchentuch und warf es in den Abfalleimer, dann drehte sie rasch den Wasserhahn auf und wusch sich die Tränen ab. Mit einem Geschirrtuch trocknete sie sich ab und eilte in den Flur. Ein Blick in den Spiegel neben der Garderobe zeigte ihr, dass ihre Augen leicht gerötet waren, doch dagegen konnte sie jetzt nichts mehr ausrichten. Entschlossen öffnete sie die Tür.

Hallo! Oh, hallo Sophie! Wie schön dich zu sehen, ich freue mich so. Weißt du was, ich komme rein zu dir, ja?

Noch ehe Sophie reagieren konnte, wischte Lulu mit einem fröhlichen Bellen in die Wohnung, umtänzelte sie und rannte dann zielstrebig ins Wohnzimmer.

Ich bin auf der Couch, falls ihr mich sucht. Ach, wie liebe ich das.

»Guten Abend, Sophie.« Carsten blickte ihr ernst entgegen. »Darf ich hereinkommen?«

»Nein.« Sie verschränkte die Arme vor dem Bauch.

»Bitte, Sophie.«

»Ich habe dich nicht eingeladen, und es gibt auch nichts, was wir noch zu bereden hätten.«

»Doch, das haben wir. Ich möchte dir erklären …«

»Ich will deine Erklärung aber nicht hören!«, unterbrach sie ihn wütend. »Du hast mich angelogen, Carsten, und zwar nach Strich und Faden. Hast mich glauben gemacht, du seist Carsten Braumann, der Journalist …«

»Aber der bin ich doch auch.«

»Nein, du bist Carsten Braumann, der Megakonzern-Chef und Multimillionär und und … »

»Was und?« Ohne auf ihren Widerstand zu achten, schob er sich in die Wohnung und schloss die Tür hinter sich. »Sophie, ich bin noch immer derselbe Mann wie in den letzten Tagen und Wochen.«

»Nein, bist du nicht.«

»Also gut, du hast ein Problem damit, dass ich reich bin. Aber wenn man mal davon abs…«

»Mir ist es egal, wie viel Geld du auf dem Konto hast«, fuhr sie ihn an. »Ich habe dich für einen ehrlichen, aufrichtigen, idealistischen Menschen gehalten. Aber in Wahrheit hast du mir die ganze Zeit etwas vorgemacht! Ich habe das Gefühl, dich überhaupt nicht mehr zu kennen. Und wie soll ich auseinanderhalten, was von dem, das du zu mir gesagt hast, der Wahrheit entspricht und was in die Kategorie Märchen gehört?«

Carsten hob seine rechte Hand, wie um die ihre zu ergreifen, ließ sie jedoch gleich wieder sinken. »Es war nicht alles gelogen, Sophie. Meine Gefühle für dich sind echt. Ich hatte nicht damit gerechnet, mich in dich zu verlieben, und als es geschehen war, kam ich so einfach aus der Geschichte nicht mehr heraus. Ich hatte – habe – gute Gründe, inkognito bei *Zeitschritte* zu arbeiten. Vielleicht wäre es besser gewesen, dir schon früher von meinen Plänen zu erzählen …«

»Vielleicht?«

»Aber ich wollte und will mein Vorhaben nicht durch Publicity gefährden. Ich schreibe schon seit Jahren unerkannt für das Magazin. Inga weiß natürlich, wer ich bin, und ein paar andere leitende Personen wissen es auch. Aber sonst niemand, und so soll es auch bleiben.«

»Was hast du denn so Großes vor?« Sophie schüttelte den Kopf. »Ach, ich will es gar nicht wissen. Was kann schon derart wichtig sein, dass du dir dafür den Weg in mein Bett erlügen musst?«

»Sophie, so ist es doch gar nicht!« Nun wurde Carsten ungehalten. »Das eine hat mit dem anderen nicht das Geringste zu tun.« Er fuhr sich frustriert durch die Haare. »Hör zu, ich habe Vorkehrungen getroffen, dass den Leuten, die wir mit unserer Artikelreihe begleitet haben, geholfen wird.«

»Geholfen?«

»Ihre Wünsche werden erfüllt – sozusagen. Sie kriegen eine neue Chance auf dem Arbeitsmarkt, neue Wohnungen, die Frau mit den vier kleinen Kindern eine Kur … Aber ich will nicht, dass man mich oder *B-Media* als Wohltäter hinstellt. Ich möchte möglichst gar nicht damit in Verbindung gebracht werden. Mir geht es darum, dass diese Menschen glauben, sie hätten es selbst geschafft. Das ist wichtig, um ihnen neues Selbstvertrauen einzuflößen. Genau wie in der Sozialstation. Du weißt, was Arthur gesagt hat. Diese Menschen müssen lernen, sich selbst zu helfen, aber manchmal bedarf es eben eines Schubses von außen.« Er hielt kurz inne. »Du hast neulich behauptet, man könne die Reichen nicht dazu bewegen, etwas von ihrem Wohlstand in solche Projekte zu investieren. Aber genau das habe ich geschafft, mit stetiger, dauernder Überzeugungsarbeit. Das Dinner gestern …« Er seufzte. »Es war extrem erfolgreich. Ich habe fünf neue Langzeitsponsoren für die Sozialstation gewinnen können. Der Betrag, der künftig jährlich zusammenkommt, wird ausreichen, vier neue Mitarbeiter ganztägig einzustellen, das Gebäude neben der Station zu kaufen und dort weitere Unterkünfte sowie verschiedene soziale Einrichtungen unterzubringen. Einen Arzt, einen Second-Hand-Laden, eine Tauschbörse für gebrauchte Möbel und Elektrogeräte. Und das ist erst der Anfang. Auch für mein anonymes Starthilfe-Projekt konnte ich Interesse wecken. Wir …«

»Ihr wollt also Schutzengel für arme und sozial benachteiligte Menschen spielen? Wäre es nicht einfacher, das öffentlich zu machen?«

»Eben nicht.« Eindringlich sah er sie an. »Damit hätten all diese Hilfestellungen den Anschein eines Almosens. Genau das ist es, was ich verhindern will. Almosen sind auf Dauer nur ein Tropfen auf den heißen Stein. Außerdem sind viele Menschen zu stolz, sie anzunehmen. Doch wenn sie das Gefühl haben, aus eigener Kraft wieder auf die Beine gekommen zu sein, können sie viel eher gestärkt in die Zukunft gehen.«

»Das ist ja alles schön und gut.« Sophie löste ihre starr verschränkten Arme von ihrem Körper. »Dennoch hast du nicht gezögert, mich zu belügen, mir einzureden, du seiest jemand ganz anderes, als du in Wahrheit bist. Glaubst du, darüber schaue ich so einfach hinweg?«

»Nein.« Er ließ die Schultern hängen. »Es tut mir leid. Ich konnte doch nicht ahnen, dass alles so kommen würde. Weißt du, zu Anfang habe ich nicht weiter darüber nachgedacht. Ich habe, wie gesagt, schon seit längerer Zeit inkognito als Journalist gearbeitet. Als mir die Idee zu dieser Weihnachtsartikelreihe kam, beschloss ich, die Tarnung auszuweiten. Ich wusste, ich würde mit einer externen Fotografin zusammenarbeiten und dass ich diesmal weit mehr im Fokus der Öffentlichkeit stehen würde. Deshalb habe ich die Wohnung gemietet und passend eingerichtet.«

»Passend?«

»Es hat mir sogar Spaß gemacht«, fuhr er unbeirrt fort. »Ich war mir sicher, dass mich auf diese Weise niemand so leicht mit der Konzernleitung von *B-Media* in Verbindung bringen würde, denn welcher Millionär lebt schon freiwillig in einer Dreizimmerwohnung mit nur knapp sechzig Quadratmetern und schwedischen Selbstbaumöbeln?«

»Das muss ja ein unglaubliches Opfer gewesen sein.« Sophies Stimme troff vor Sarkasmus.

»Nein, war es überhaupt nicht«, entgegnete er kühl. »Tatsächlich habe ich mich selten wohler gefühlt. Du machst dir keine Vorstellungen davon, wie ermüdend es sein kann, ständig von Leuten umgarnt zu werden, die sich erhoffen, etwas von deinem Reichtum oder Einfluss könnte auf sie abfärben. Die dich nicht als Menschen sehen, sondern als Geldmaschine. Ich war es einfach satt. Auch von Frauen habe ich mich schon seit längerem ferngehalten, aus dem gleichen Grund. Sobald eine meiner früheren Freundinnen erfahren hat, welcher Familie ich entsprungen bin, sah ich die Eurozeichen in ihren Augen rotieren. Wenn man jünger ist, macht einem das noch nicht so viel aus, man ist sogar in gewisser Weise stolz, dass einem die Frauen zu Füßen liegen und man theoretisch jede haben kann, wenn man nur mit einem Bündel Geldscheine winkt. Bis man merkt, dass sie nicht dich wollen, sondern tatsächlich nur deinen Geldbeutel.« Er runzelte ungehalten die Stirn. »Und dann liefst du mir über den Weg.« Nun ergriff er doch ihre Hand. »Du warst vom ersten Moment an so offen und ehrlich, hast kein Blatt vor den Mund genommen ...«

Sophie versteifte sich, als sie aus seinem Mund beinahe die gleichen Worte hörte, mit denen sie ihn vor kurzem noch beschrieben hatte. Abrupt entzog sie ihm ihre Hand wieder.

Resignierend hob Carsten die Hände ein wenig an. »Ich kann nicht mehr tun, als dir zu versichern, dass meine Gefühle für dich echt sind. Ich hatte nicht vor, mich zu verlieben, aber es ist geschehen. Ich habe Fehler gemacht, das ist mir klar. Aber ich kann sie nicht mehr rückgängig machen, sondern dich nur darum bitten, mir eine zweite Chance zu geben.«

»So einfach ist das also für dich, ja?« In Sophies Innerem verkrampfte sich alles. »Du bittest um Verzeihung und glaubst, damit sei alles wieder gut?« Sie schüttelte den Kopf. »Weißt du eigentlich, wie dämlich ich mir vorkomme?« Ihr traten erneut Tränen in die Augen; sie niederzukämpfen brauchte beinahe all ihre Kraft. Hastig riss sie die Wohnungstür auf. »Geh jetzt, Carsten. Ich kann nicht länger mit dir in einem Raum sein. Es ... geht einfach nicht.« Krampfhaft schluckte sie.

Noch einmal streckte er die Hand nach ihr aus, berührte sie aber nicht. »Also gut, ich gebe dir die Zeit, die du brauchst. Aber bitte glaube mir …«

»Ich glaube dir überhaupt nichts mehr, Carsten Braumann!« Ihre Stimme zitterte unnatürlich. »Deine Gefühle für mich sind also echt?«

»Ja.«

»Schön.« Ihr Tonfall wurde eisig. »Meine für dich waren es nicht. Ich habe nur einen netten Flirt mit meinem neuen Arbeitskollegen genossen. Hat Spaß gemacht … meistens.« Sie hob den Kopf und starrte ihn zornig an. »Na, wie fühlt sich das an, wenn man erfährt, dass man die ganze Zeit belogen wurde?« Mit einem unsanften Stoß beförderte sie Carsten in den Hausflur und knallte ihm die Tür vor der Nase zu.

Äh, Moment mal! Was ist denn jetzt los? Wo ist Carsten denn hin? Soll ich jetzt hierbleiben? Sophie? Du siehst ja so schrecklich unglücklich aus. Komm, ich lecke dir die Finger, siehst du? Das soll dich trösten.

»O Gott, Lulu!« Sophie unterdrückte krampfhaft ein Schluchzen. »Nein, Schätzchen, lass das. Du musst jetzt gehen. Lauf deinem Herrchen nach, los!« Sie öffnete die Wohnungstür einen Spalt und schob die winselnde Hündin energisch nach draußen. Dann knallte sie die Tür wieder zu und lehnte sich schwer atmend dagegen.

20. Kapitel

»Mist, und ich dachte schon, die Sache mit dem Bild und gleichzeitig Carstens Besuch würde klappen.« Missmutig ging Santa Claus in seinem Büro auf und ab. Abrupt blieb er mitten im Raum stehen und drehte sich zu den beiden Kundschafter-Elfen um, die ihm soeben Bericht erstattet hatten. »Habt ihr wirklich das richtige Timing erwischt?«

»Aber ja doch. Ich habe ihr den Bilderrahmen in die Hand gegeben, als Elf-Acht mir das Signal gegeben hat, dass Carsten auf dem Weg ins Haus war«, bestätigte Elf-Zwei. »Ich dachte erst, sie wirft ihn gleich wieder raus.«

»Ja, aber dann hat er angefangen zu erzählen, und sie hat zugehört«, übernahm Elf-Acht das Wort. »Es sah fast so aus, als würde alles gut werden, aber dann …«

»Hat sie ihn doch vor die Tür gesetzt«, schloss Elf-Zwei bedrückt. »Und die arme Lulu auch. Die ist gar nicht dazu gekommen, zwischen den beiden zu vermitteln.«

»Also ich sage es ja nur ungern, aber ich hatte dich gewarnt«, erklang von der Tür her die Stimme von Santas Frau. »Du weißt genau, wie kompliziert die Menschen sein können. Wie oft hast du das jetzt schon miterlebt?«

»Ja, Schatz, du hast wie immer recht.« Der Weihnachtsmann seufzte abgrundtief. »Aber diesmal sah es wirklich aus, als wäre alles ganz einfach.« Er strich sich durch den Bart. »Ist es schon zu spät für den Plan B?«

Seine Frau hob neugierig den Kopf. »Hast du denn einen Plan B?«

Er verzog unbehaglich die Lippen. »Ich fürchte nein.«

»Dann wird das wohl ein ziemlich trauriges Weihnachtsfest für diese beiden Menschen«, schloss seine Frau betrübt. »Wir haben jetzt schon den zwanzigsten Dezember. In vier Tagen ist Heiligabend. Ich sehe nicht, wie du es schaffen willst, das Ruder jetzt noch herumzureißen.«

»Aber die beiden haben einander doch so gern«, mischte Elfe-Sieben sich verzweifelt ein. »Da muss doch etwas zu machen sein.«

»Hast du vielleicht eine Idee?«, fragte Santas Frau die kleine Assistentin des Weihnachtsmannes.

»Nein.« Elfe-Sieben ließ den Kopf hängen. »Ich kann Sophie sogar verstehen. Sie ist tief verletzt.«

»Sie ist stur«, sagte Santa Claus und grinste plötzlich.

»Stur?« Alle anwesenden Elfen sowie seine Frau starrten ihn überrascht an.

»Ja, stur. Ich glaube, sie würde ihm verzeihen, wenn sie ihren Stolz überwinden würde. Ihr habt sie doch in den letzten Wochen alle kennengelernt. Sie ist aufbrausend und eigensinnig. Was, wenn sie gar nicht so sehr verletzt, sondern vielmehr beleidigt ist? Das würde ihr durchaus ähnlich sehen.« Mit neuem Schwung nahm der Weihnachtsmann seinen Rundgang durch das Büro wieder auf. »Und wenn das der Fall sein sollte, ist noch nicht alles verloren.«

»Und was, wenn du dich irrst?«, wagte Elf-Zwei einzuwenden.

Santa Claus winkte ab. »Unterbrich bitte meine Gedanken nicht! Ich habe eine Idee, wie wir die beiden dazu bewegen können, noch einmal miteinander zu reden.« Er wandte sich an Elf-Acht. »Du und Elf-Zwei, ihr müsst noch mal mit Lulu sprechen. Nehmt Elf-Siebzehn mit, falls ihr Hilfe mit der Hundesprache benötigt.«

»Und was sollen wir ihr sagen?«

Santa Claus lächelte breit. »Hört genau zu, das werde ich euch jetzt erklären …«

21. Kapitel

Carsten? Hallo? Was ist mit dir? Warum liegst du hier so untätig auf der Couch herum? Lass uns noch mal zu Sophie gehen! Ich möchte, dass ihr euch wieder vertragt.

»He, lass mich in Ruhe, Lulu. Du warst doch gerade eben erst draußen«, brummte Carsten und wehrte mit der Hand die kalte Hundeschnauze ab, die versuchte, sein Gesicht zu erreichen. Er hatte vor einer Stunde per E-Mail die letzten Bilder von Sophie für den Abschlussartikel erhalten, der am Heiligen Abend erscheinen würde. Wortlos. Nur eine Mail mit Dateianhang. So leer wie das Textfeld der elektronischen Nachricht fühlte er sich im Augenblick.

Obgleich selbst Arthur und zuletzt seine Mutter ihm geraten hatten, zu versuchen, noch einmal mit Sophie zu sprechen, konnte er sich nicht dazu durchringen. Nicht, dass er ihr glaubte, was sie über ihre angeblich falschen Gefühle zu ihm gesagt hatte. Nein, er hatte das unbestimmte Gefühl, dass er alles nur schlimmer machen würde, wenn er ihr nicht genügend Zeit ließ, sich abzuregen. Er hatte ihr Temperament in den vergangenen Wochen zur Genüge kennengelernt und wusste, dass sie stur und ziemlich unbarmherzig sein konnte, wenn sie sich im Recht sah.

Er konnte ihr die Wut und ihre verletzten Gefühle nicht in Abrede stellen. Auf der anderen Seite begann er, allmählich den Irrwitz der gesamten Situation wahrzunehmen. Er hatte sich hinter einer falschen – oder vielmehr nur halb wahren – Identität versteckt, weil er von seinen Mitmenschen vorurteilsfrei behandelt werden wollte. Dabei hatte er selbst Kopf und Herz voller Vorurteile gehabt und nicht geglaubt, dass jemand ihn tatsächlich nehmen könnte, wie er war. Sophie war genau diese Person, und ausgerechnet sie hatte er jetzt vertrieben.

Er war kein Mann, der leicht aufgab, wenn er sich etwas in den Kopf gesetzt hatte. Doch in diesem Fall wusste er einfach nicht, wie er vorgehen sollte.

»Lulu, hör auf damit!« Genervt schob er die Hündin erneut von sich, die nun versuchte, ihn am Ärmel seines Pullovers vom Sofa zu ziehen. Als er sie winseln hörte, blickte er sie verärgert an. Doch dem traurigen Hundeblick hielt er nicht lange stand. »Du vermisst Sophie auch, ja?«

Und wie! Können wir nicht endlich zu ihr gehen?

Er streckte die Hand aus und strich Lulu leicht über den Kopf. »Mir geht es nicht anders, aber es hilft nichts. Sie will mich im Augenblick nicht sehen, und ich weiß nicht, ob und wann sich das noch mal ändern wird.«

Dann tu endlich was, um es herauszufinden. Ich habe den Elfen versprochen, dass ich ihnen helfe, euch wieder glücklich zu machen. Das geht aber nicht, wenn wir hier in der Wohnung versauern!

»Heute ist sowieso Sonntag und jetzt ist es viel zu spät, um sich noch bei ihr blicken zu lassen.« Er blickte auf die bunte Wanduhr neben dem Fernseher. »Vielleicht ist sie auch gar nicht zu Hause. Die Adventsnachmittage verbringt sie meistens mit ihrer Schwester.«

Mit Tessa? Das wäre schön, da fahre ich auch gerne hin. Ich mag Ruprecht, er ist ein ganz Netter, und wer weiß, wo die Plätzchen versteckt sind. Na ja, als Dame dürfte ich mich um so etwas eigentlich nicht kümmern, aber eine kleine Schwäche darf doch jeder haben, oder nicht?

»Vermutlich wird sie dann auch noch den Abend bei Tessa und Tom verbringen. Sie ist nicht der Typ Frau, der sich allein in der Wohnung verkriecht«, redete Carsten weiter, ohne zu merken, dass er nur die Hündin als Zuhörerin hatte.

Hey, redest du noch immer mit mir? So richtig normal? Das ist ja was ganz Neues!

»Vielleicht versuche ich es nach Weihnachten noch mal«, überlegte Carsten weiter. »Was meinst du, ob sie dann eher in der Stimmung sein wird, mir zu verzeihen?«

Verzeihen? Was bedeutet das? Ist das, wenn ihr euch wieder vertragt und lieb zueinander seid? Ja, bitte, ich bin absolut dafür!

»Huch, was ist denn jetzt?« Überrascht hob Carsten den Kopf, als Lulu ihm die Hand leckte und dabei eifrig wedelte. »Soll das ein Ja sein? Du meinst also, ich soll bis nach Weihnachten warten und es dann noch mal versuchen?«

Ich meine, du solltest überhaupt nicht mehr warten, Carsten. Ich will zu Sophie und mit ihr schmusen!

»Also gut, dann werde ich das wohl tun.«

Na, dann mal los! Ähm, wie jetzt, du rührst dich ja gar nicht? Wollten wir nicht sofort los? Nein? Versteh einer die Menschen.

»Die Zeit wird mir aber arg lang werden«, murmelte Carsten betrübt. »Heiligabend ist erst am Dienstag, und dann noch zwei Feiertage …«

Ich sag doch, dass Warten keine gute Idee ist!

Als Lulu an ihm hochsprang und versuchte, sein Gesicht abzulecken, lachte er unvermittelt. »Willst du mich aufheitern?« Mit neuem Interesse betrachtete er das freundliche Hundegesicht, dann lächelte er. »Du bist wirklich eine Süße, was?«

Na sicher doch. – Moment, habe ich richtig gehört? Hast du mich Süße genannt? Nicht Köter oder Vieh?

»Ich fürchte, mit dir geht es mir genau wie mit Sophie. Du hast dich einfach in mein Herz geschlichen, ohne vorher zu fragen.« Zärtlich kraulte er Lulu hinter den Ohren.

Oh! Oh, wie schöööön! Hach, das fühlt sich aber gut an, Carsten! Das maaaag ich!

Als er sah, wie Lulu sich rekelte und sein Streicheln genoss, klopfte er spontan auf seinen Bauch. »Komm hoch, Süße. Hier ist auch Platz für zwei.«

WAS??? Ich darf … zu dir auf die Couch? Echt jetzt?

»Na komm, hopp!«

Lulu nahm einen Schritt Anlauf und hüpfte auf Carstens Bauch. Er ächzte kurz auf, lachte aber dabei.

»Hey, leg dich lieber hin, sonst zertrampelst du noch irgendwelche wichtigen inneren Organe!«

Ach, ist das schön warm hier! Das lasse ich mir gerne gefallen.

Lulu streckte sich genüsslich der Länge nach auf Carstens Bauch aus und bettete ihren Kopf auf seiner Brust.

Er streichelte sie wieder hinter den Ohren. »Wir zwei sind schon ein verrücktes Paar, was, Lulu? Aber eigentlich ist es gar nicht so übel, einen Hund zu haben.« Er schmunzelte. »Genauso wie es gar nicht so übel ist, eine Frau zu haben … die richtige Frau wohlgemerkt.«

Wir sollten wirklich keine Zeit mehr verlieren und sofort zu Sophie gehen. Andererseits … Hier mit dir zu kuscheln ist auch nicht ohne. Vielleicht warten wir noch ein kleines bisschen? Weißt du, ich muss nämlich gestehen, dass ich dich doch ganz gerne mag. Erst dachte ich ja, ich wäre in der Hundehölle gelandet, als Elena mich hier abgesetzt hat. Aber jetzt … also als Herrchen bist du doch ganz in Ordnung … meistens jedenfalls. Carsten? Hallo?

Lulu schnüffelte kurz an Carstens Kinn, dann legte sie ihren Kopf wieder auf seiner Brust ab.

Er scheint eingeschlafen zu sein.

Voller Zuneigung lauschte sie seinem gleichmäßigen Atem und betrachtete dabei die Lichter der Weihnachtspyramide, die auf dem Fensterbrett stand. Da die Deckenlampe nicht brannte, wirkte der warme Lichtschein geheimnisvoll und anheimelnd. Lulu schnaufte leise und schloss die Augen.

Jetzt muss ich nur noch dafür sorgen, dass Sophie mein Frauchen wird.

22. Kapitel

Irgendwas muss mir einfallen, denn so geht es nicht weiter. Jetzt sind schon fast zwei Tage vergangen, und Carsten ist noch immer nicht zu Sophie gegangen. Worauf wartet er denn bloß? Stattdessen hat er so einen komischen Tannenbaum in seiner Wohnung aufgebaut und mit Lichtern und bunten Kugeln und Strohsternen behängt. So ein silbernes Zeugs hängt jetzt auch an den Ästen. Er hat es Lametta genannt. Schmeckt jedenfalls nicht, ich hab's schon probiert. Solche bunten Bäume habe ich schon draußen gesehen, in der Stadt stehen sie fast an jeder Ecke. Elena hat aber früher nie einen in ihrer Wohnung aufgestellt, deshalb wusste ich nicht, dass manche Menschen so was machen. Im Radio laufen heute auch andauernd Weihnachtslieder. So hat Carsten sie genannt. Früher hat er manchmal Lieder im Radio mitgesungen, aber seit er sich so arg mit Sophie gestritten hat, ist er ganz still geworden und summt nicht mal mehr mit. Dafür redet er jetzt ganz oft mit mir und erzählt mir, wie sehr er Sophie mag und dass er sie vermisst. Verstehe einer die Menschen! Warum geht er nicht endlich zu ihr? Allmählich wird mir die Zeit knapp. Die Elfen haben gesagt, ich soll die beiden unbedingt noch zu Weihnachten zusammenbringen, aber wie soll das gehen, wenn ich hier in der Wohnung eingesperrt bin? Und wenn wir spazieren gehen, dann nur drüben im Park und gleich wieder nach Hause. Irgendwie muss ich hier rauskommen, damit ich Santas Plan in die Tat umsetzen kann.

»Lulu, ich muss rasch mal den Mülleiner ausleeren gehen.« Carsten war neben Lulus Körbchen aufgetaucht und deutete auf den vollen Abfalleimer in seiner Hand. »Bin gleich wieder zurück. Halt solange hier die Stellung und pass auf, dass niemand die frischgebackenen Plätzchen klaut.«

Plätzchen? Wo sind die? Ich hätte gerne eines, die haben so gut gerochen, als du sie aus dem Ofen geholt hast. Carsten? Ach, er ist schon weg. Moment mal! Hat er die Wohnungstür nicht geschlossen? Ich hab gar nichts gehört. Mal sehen … Tatsächlich, sie steht einen Spalt offen. Hm, soll ich? Soll ich nicht? Ach was, ich muss, sonst wird das mit den beiden nie was! Los geht's, auf zu Sophies Wohnung.

Sophie war gerade dabei, ihr Make-up aufzufrischen. Die großen Weihnachtstüten mit den Geschenken für ihre Familie hatte sie bereits auf dem Küchentisch abgestellt, um sie gleich griffbereit zu haben. Nachdem sie Tessa von der Sache mit Carsten erzählt und sich ein wenig hatte aufmuntern lassen, hatte ihre Schwester sie für den Heiligen Abend zu sich eingeladen.

Tatsächlich fiel Sophie kein Ort ein, an dem sie heute lieber gewesen wäre. Morgen früh würden außerdem ihre Eltern dort eintreffen, und darauf freute sie sich schon ganz besonders.

Sie drehte gerade ihren Lippenstift wieder zu, als sie von irgendwo her ein seltsames Kratzen vernahm, dann ein leises Jaulen. Alarmiert hob sie den Kopf. War da ein Tier in Not? Lauschend trat sie aus dem Bad. Als es erneut kratzte, begriff sie, dass die Geräusche von ihrer Wohnungstür kamen. Rasch öffnete sie sie und prallte verblüfft zurück, als Lulu wie ein Geschoss zwischen ihren Beinen und dem Türblatt hereinwischte und sich heftig schüttelte.

Endlich! Meine Güte, ist es kalt draußen und es schneit wie verrückt. Ich mag Schnee ja ganz gerne, aber jetzt hängt er mir in fiesen Klümpchen im Fell an meinem Bauch. Machst du sie mir weg? Ein Handtuch wäre jetzt auch nicht schlecht. Übrigens, hallo, Sophie, ich freue mich riesig, dich zu sehen!

»Lulu!« Entgeistert blickte Sophie auf die Hündin hinab, dann öffnete sie die Tür weiter, weil sie davon ausging, dass auch Carsten gleich auftauchen würde. Doch er war weit und breit nicht zu sehen. Ob er draußen vor dem Haus wartete? Zuzutrauen wäre es ihm. Sophie eilte zum Küchenfenster, das zur Straße hinausging, und suchte mit Blicken die Umgebung ab.

Hey, was machst du denn da? Ich dachte, du frottierst mich trocken!

»Niemand zu sehen«, murmelte Sophie.

Ja, klar, warum auch? Ich bin doch alleine hier.

Verständnislos musterte sie die kleine Cockerspaniel-Dame. »Was machst du denn hier? Du bist ja ganz nass und voller Eisklümpchen!«

Endlich merkst du das!

»Warte, ich hole ein Handtuch.« Mit wenigen Schritten war Sophie im Bad und zerrte eines ihrer älteren Handtücher aus dem Schrank. »Komm, halt mal still, Lulu. Das haben wir gleich.« Sie begann, die zu Kügelchen verklumpten Schneereste aus dem Fell der Hündin zu zupfen, und rieb dann sanft über das feuchte Fell.

Ah, endlich, danke! In meinen langen Haaren hat sich der Schnee ganz schrecklich angefühlt. Igitt.

»Wo kommst du denn bloß her?«, fragte Sophie und tupfte nun auch noch Lulus Pfoten trocken.

Na, von zu Hause, woher denn sonst?

»Und wie bist du alleine hierhergekommen?«

Gelaufen natürlich, was dachtest du denn? Ich kenne den Weg doch mittlerweile. Zum Glück ist es ja nicht so weit. Obwohl, mit dem Auto wäre es schneller gegangen. Aber Carsten wollte ja nicht mitkommen.

»Bist du Carsten etwa ausgerissen?«

Ähm, nun ja, strenggenommen bin ich das wohl. Aber nur zu seinem Besten. Und deinem. Ehrlich!

»Was mache ich denn jetzt mit dir? Ich müsste eigentlich gleich los zu Tessa.« Ratlos tippte Sophie sich mit dem Zeigefinger gegen die Unterlippe. »Am besten rufe ich kurz bei ihr an und sage Bescheid, dass ich mich verspäte. Und dann bringe ich dich zu Carsten zurück.«

Jawohl, sehr gut! Genau das sieht der Plan vor. Lass uns gleich aufbrechen!

Sophie nahm ihren Mantel, wickelte sich ihren Schal um den Hals und griff sich vorsichtshalber auch die Tüten mit den Weihnachtsgeschenken. Kurz überlegte sie irritiert, warum eine von ihnen so schief auf dem Tisch stand; sie hatte sie ganz sicher gerade hingestellt. Doch als Lulu auffordernd bellte, schob sie den Gedanken rasch beiseite. »Dann komm, wir nehmen das Auto, dann kann ich gleich zu Tessa weiterfahren, sobald ich dich abgeliefert habe.«

Sie verstaute die Geschenktüten im Kofferraum und platzierte Lulu auf der Rücksitzbank. »Leider habe ich keine Hundebox mehr im Auto. Ich hoffe, du bleibst trotzdem ganz ruhig sitzen.«

Aber klar doch. Ich bin schließlich ausgesprochen gut erzogen!

Sophie zückte ihr Handy und wählte die Nummer ihrer Schwester, während sie sich hinters Steuer klemmte. »Tessa? Hallo. Hör mal, ich muss noch kurz was erledigen und komme eine halbe Stunde später als geplant. – Ja, ist gut. Ich wollte dir nur Bescheid sagen. Bis später!« Sie drehte sich zu Lulu um. »Hoffentlich ist Carsten zu Hause. Ich weiß ja gar nicht, wo du ihm ausgebüxt bist! Vielleicht sucht er auch schon nach dir.«

Oops, daran habe ich ja gar nicht gedacht! Ach, was soll's! Dann warten wir eben auf ihn, falls er wirklich nicht zu Hause sein sollte.

»Ich könnte dich natürlich auch bei einem der Nachbarn abgeben.«

Nein!

»Die nette ältere Dame, die im Stockwerk über Carsten wohnt, passt bestimmt auf dich auf.«

Ach herrje, das gehört aber nicht zum Plan. Du darfst mich auf keinen Fall woanders abgeben. Hast du gehört? Das geht nicht!

»Ach, Lulu, warum jaulst du denn so schrecklich? Tut dir etwas weh?«

Nein, ich kriege nur gerade die Krise! O bitte, lass Carsten zu Hause sein!

Besorgt blickte Sophie über die Schulter auf die Hündin, die sich wieder ein wenig beruhigt hatte, sie jedoch mit merkwürdig flehendem Blick ansah. »Hoffentlich bist du nicht krank. Du siehst so elend aus.«

Ich bin nicht krank, nur verzweifelt.

»Na komm, ich beeile mich auch.«

23. Kapitel

»Santa Claus, wo bleibst du denn?« Elf-Dreizehn erschien in der Tür des Weihnachtsmann-Büros. »Die Rentiere sind längst angespannt, Rudolfs Nase leuchtet schon wieder richtig vor Vorfreude. Wenn du nicht bald kommst, schaffst du deine Route heute nicht mehr rechtzeitig.«

»Ja, ja, bin schon auf dem Weg. Bitte übertragt mir die Daten von Sophie und Carsten auf mein Smartphone. Ich will sofort benachrichtigt werden, wenn sich da etwas tut. So was Ärgerliches, genau in der heißen Phase muss ich hier weg!«

»Ich halte die Stellung, keine Sorge«, versprach seine Frau und gab ihm einen Kuss auf die Wange. »Eine gute Reise um die Welt wünsche ich dir, mein Schatz.«

»Danke. Und du passt ganz bestimmt auf, was dort unten passiert?«

»Ganz bestimmt. Ich glaube, Lulu hat die Sache gut im Griff. Und Elf-Acht und Elf-Zwei haben ihren Teil auch getan. Mehr können wir sowieso erst mal nicht ausrichten.«

»Halt mich auf dem Laufenden!«

»Ja, versprochen. Nun aber los, es warten schließlich noch unzählige Kinder auf dich und deine Geschenke.«

»Also gut, dann mal los.« Santa Claus war inzwischen in Begleitung der Elfen und seiner Frau nach draußen vor sein großes Haus weit oben über dem Nordpol getreten und blickte zufrieden auf den großen, blank polierten Schlitten, auf dem sich die Säcke mit den Geschenken nur so türmten. Rasch ging er von Rentier zu Rentier und flüsterte jedem von ihnen etwas Ermunterndes oder einen Scherz zu, bis alle fröhlich mit den Hufen scharrten.

Dann überprüfte er noch einmal rasch seine Ladung – Elf-Dreizehn hatte sie wie immer sehr sorgfältig gesichert, damit auch nichts bei der wilden Fahrt zur Erde verlorenging. Schließlich kletterte er auf den Schlitten und ergriff die Zügel. »Hohoho! Auf geht's!«, rief er. Die Rentiere zogen an und im nächsten Moment schwang sich der Schlitten unter dem Klingeln vieler kleiner Glöckchen in den Nachthimmel hinauf.

Santas Frau und die Elfen winkten ihm fröhlich zu und wünschten ihm vielstimmig eine gute Fahrt.

In diesem Moment kam Elfe-Sieben zur Tür herausgerannt. »Santa? Oh Mist, er ist schon weg.«

»Was ist denn los?«, wollte Santas Frau wissen.

Elfe-Sieben gestikulierte wild. »Komm mit und sieh dir an, was auf der Erde passiert! Bei Carsten und Sophie geht, glaube ich, alles schief.«

24. Kapitel

»Verflixt, wo kann sie denn nur stecken?« Frustriert, weil er seit einer Stunde vergeblich nach Lulu Ausschau gehalten hatte, kehrte Carsten zurück in seine Wohnung. Er konnte sich nicht erklären, wie die Hündin in den wenigen Minuten, die er bei den Abfalltonnen verbracht hatte, spurlos verschwinden konnte. Nicht einmal Pfotenabdrücke gab es, weil der Hausmeister gerade den frisch gefallenen Schnee vor dem Haus und auf dem Gehsteig geräumt hatte.

»Hoffentlich gerät sie nicht unter ein Auto«, murmelte Carsten besorgt und zog sich den feuchten Mantel aus, um ihn zum Trocknen auf einen Bügel zu hängen. Dann ging er in die Küche und setzte Teewasser auf. Die Sorge um Lulu ließ ihn jedoch nicht los. Immer wieder ging er zum Fenster und suchte mit Blicken die Straße ab, doch die kleine Cockerspaniel-Dame blieb verschwunden. Fieberhaft überlegte er, wen er in einem solchen Fall verständigen musste. Das Tierheim?

Fahrig goss er das siedende Wasser über seinen Teebeutel und hätte sich beinahe verbrannt. Fluchend stellte er den Teekessel zurück auf den Herd und schaltete diesen vorsichtshalber aus. Gerade als er die nasse Lache rund um seine Tasse aufwischte, klingelte es an seiner Wohnungstür. Gleich darauf erklang ein fröhliches Bellen.

»Lulu?« Verblüfft eilte Carsten in den Flur und riss die Tür auf.

Da bin ich wieder! Nein, ich korrigiere – da sind wir wieder. Na, wie hab ich das gemacht? Freust du dich, Sophie zu sehen?

»Was …? Hallo, Sophie.« Carstens Herz machte einen Satz, als er Frau und Hund vor sich stehen sah. Lulu stupste ihn freundlich an und lief zu ihrem Körbchen, als sei nichts geschehen. Leicht irritiert blickte Carsten ihr nach, bevor er sich wieder Sophie zuwandte. »Wo hast du Lulu denn gefunden?«

»Gefunden? Gut, dass du überhaupt gemerkt hast, dass sie weg war!« Sophies Stimme klang aggressiv, aber gleichzeitig auch ein wenig kratzig. »Du scheinst es dir ja hier drinnen gemütlich gemacht zu haben.«

»Machst du Witze? Ich habe eine geschlagene Stunde nach ihr gesucht. Sie ist aus der Wohnung entwischt, als ich nur kurz unten bei den Mülltonnen gewesen bin.«

»Hättest du mal besser die Tür zugemacht«, erwiderte Sophie und drehte sich ab, um wieder zu gehen. Carsten hielt sie rasch am Arm zurück. »Warte! Ich konnte doch nicht ahnen, dass sie wegläuft. Das hat sie schließlich noch nie gemacht, oder?«

»Nein, hat sie nicht«, gab Sophie zögernd zu.

»Komm rein, hier im Flur ist es zugig.« Ohne auf ihre Gegenwehr zu achten, zog er sie in die Wohnung und schloss die Tür. »Also, wo hast du sie aufgegabelt?«

»Gar nicht. Sie stand auf einmal vor meiner Wohnungstür und wollte rein.«

Verblüfft hob Carsten den Kopf. »Ist sie etwa den ganzen Weg bis zu dir gelaufen?«

»Wenn sie nicht ein Taxi genommen hat«, brummelte Sophie. »Pass das nächste Mal ein bisschen besser auf sie auf. Sie hätte sich verirren oder von einem Auto angefahren werden können.«

»Meinst du, das weiß ich nicht? Ich habe mir die größten Sorgen gemacht, dass ihr was passiert sein könnte.« Er hielt inne und legte den Kopf schräg. »Warum sie wohl zu dir gelaufen ist?«

Sophie verschränkte die Arme vor der Brust. »Was weiß ich? Sie ist ein Hund und wusste es wahrscheinlich nicht besser.«

Hey, das habe ich gehört! Ich muss doch wohl sehr bitten – selbstverständlich wusste ich genau, was ich tue. Ich schätze es gar nicht, wenn man an meinem Verstand zweifelt!

»Ob Lulu dich vermisst hat?«

Aufgebracht löste Sophie ihre Arme wieder und knallte ihren Autoschlüssel, den sie die ganze Zeit in der Hand gehalten hatte, auf das kleine Schränkchen neben der Garderobe. »Hör auf damit!«

»Mit was?« Er stellte sich ahnungslos.

»Man könnte fast meinen, du freust dich, dass Lulu zu mir gelaufen ist. Sie hätte verletzt werden können!«

»Wurde sie aber nicht«, entgegnete er und passte sich ihrer aufgebrachten Stimme an. »Und du bist ganz schön eingebildet, wenn du glaubst, dass ich den Hund benutze, um bei dir zu punkten.«

O nein, sie streiten schon wieder. Hört das denn niemals auf? Hallo, ihr sollt euch liebhaben!

»Ich bin eingebildet? Dass ich nicht lache! *Ob Lulu dich vermisst hat?*« Sophie äffte Carsten übertrieben nach. »Ganz sicher hat sie das. Sie kann ja auch nichts dafür, dass ihr Herrchen ein solcher Idiot ist.«

»Sophie, ich habe mich bei dir entschuldigt. Was erwartest du von mir?«

»Was ich erwarte?« Sie riss die Wohnungstür auf. »Gar nichts. Ich bin noch immer stinksauer auf dich. Und jetzt muss ich los. Tessa erwartet mich zum Abendessen.«

O nein, o nein, o nein! Das geht schief! Schnell, mir muss etwas einfallen. Was ist das da auf dem Schränkchen? Sophies Schlüsselbund? Moment, wenn sie den nicht hat, kann sie nicht mit dem Auto weg. Das ist es – ich klaue ihr den Autoschlüssel!

»Hey, was soll das denn?«, rief Sophie verblüfft, als Lulu wie ein Derwisch in den Flur geschossen kam, an dem Schränkchen hochsprang und sich den Schlüsselbund schnappte.

Jetzt schnell raus hier. Gut, dass die Tür offen steht. Wollen doch mal sehen, ob ihr mich einholt!

»Sie hat meinen Schlüssel geklaut!« Fassungslos blickte Sophie der Hündin nach, die auf flinken Füßen die Treppe hinabsauste.

Auch Carsten sah Lulu ungläubig nach. Dann kam unvermittelt Leben in ihn. »Wir müssen sie einfangen!« Er schnappte sich seinen noch immer klammen Mantel und warf ihn sich über. »Ist die Haustür unten zu?«

»Ja, ich habe sie vorhin geschlossen.«

»Gut, dann kommt sie nicht weit.« Carsten eilte zur Treppe und hörte, wie Sophie ihm folgte.

»Na, na, du musst aber dringend, was?«, vernahmen sie die Stimme des Hausmeisters, der offenbar gerade das Haus betreten hatte.

»Nein, halten Sie Lulu auf!«, rief Sophie, doch es war bereits zu spät.

»Verdammt!« Als Carsten gleich hinter Sophie die Haustür erreicht hatte, war Lulu bereits hinausgelaufen.

»Oh, entschuldigen Sie, sollte ich die Kleine nicht rauslassen? Sie gehorcht doch aufs Wort. Ich hab mir gar nichts dabei gedacht.« Der Hausmeister machte ein betretenes Gesicht.

»Schon gut, Sie können nichts dafür«, beruhigte Carsten ihn. »Lulu spinnt heute, sie ist vorhin schon einmal weggelaufen und jetzt noch mal.«

»O je, soll ich Ihnen helfen, sie einzufangen?«

»Nein, nicht nötig, Herr Trabner. Wir schaffen das schon. Komm, Sophie, bevor sie außer Sichtweite ist!« Er zog Sophie am Ärmel ihres Mantels mit sich.

»Wo ist sie denn hingelaufen?«

Carsten sah sich suchend um, bis er das hellbraune Fell der Hündin im Schnee aufblitzen sah. »Da drüben. Sie läuft in Richtung Park.«

»Zum Glück nicht über die Hauptstraße.«

Gemeinsam rannten sie hinter Lulu her, die in großen Sätzen auf den Stadtpark zusteuerte.

Ja, fangt mich doch! Ich sorge jetzt erst mal dafür, dass ihr aus der Puste geratet. Vielleicht fehlt euch dann die Luft zum Zanken. Vertrackte Situationen verlangen manchmal nach drastischen Maßnahmen. Huch, es fängt schon wieder an zu schneien. Und so dicke Flocken. Das sieht lustig aus.

»Ich fasse es nicht!« Nach etwa zweihundert Metern blieb Sophie stehen und hielt sich keuchend die Seiten.

»Was ist bloß in dich gefahren, du verrücktes Vieh?«, rief sie Lulu hinterher, die immer kanpp außerhalb ihrer Reichweite durch den Schnee sauste.

Moment mal, hast du mich etwa Vieh genannt, Sophie? Ich glaube, ich höre nicht richtig. Jetzt hatte ich gerade Carsten soweit, dass er aufgehört hat, mir so unfreundliche Namen zu geben, und nun fängst du damit an. Menschen, argh!

»Hat sie mich etwa angeknurrt?« Entrüstet starrte Sophie die Hündin an.

Carsten, der außer Atem neben ihr stehengeblieben war, musste ein Grinsen unterdrücken. »Du hast das böse V-Wort gesagt.«

»Das was?«

»Vieh. Du hast sie gerade eben so genannt. Das verträgt sie nicht gut.«

»Jetzt bist du plötzlich zum Hundeexperten geworden?« Erbost stemmte Sophie die Hände in die Hüften und blitzte ihn an.

»Nein, aber ich bin lernfähig. Lulu reagiert ziemlich empfindlich auf schlechtes Benehmen.«

Darauf kannst du mein Püppi und Kraki verwetten!

»Da ist sie bei dir ja an der richtigen Adresse«, spottete Sophie.

»Hey, ich hab sie nicht Vieh genannt.«

»Schön, dann sag mir mal bitte, wie wir den Schlüssel wiederbekommen.«

»Vielleicht hat sie einen guten Grund, ihn dir nicht wiederzugeben.«

Du hast es erfasst!

»Fängst du schon wieder damit an?«

»Womit?« Es fiel ihm schwer, ernst zu bleiben.

Sophie stöhnte. »Woher soll Lulu denn wissen, dass ich sauer auf dich bin?«

Na, das ist ja wohl nicht schwer zu erraten.

»Sie hat eben eine Antenne dafür«, erwiderte er.

»Oder vielleicht will sie auch nur einfach nicht, dass du wieder gehst. Und damit wären wir schon zu zweit.«

»Ich bin bei Tessa verabredet.«

Seine Miene hellte sich auf. »Du könntest ihr absagen. Oder lass mich mit ihr reden. Ich erkläre ihr, dass …«

»Dass was?« Wieder verschränkte Sophie ihre Arme vor der Brust.

O gut, sie reden wieder normal miteinander.

»Dass …« Er zögerte. »… du den Heiligen Abend bei uns verbringen musst.«

»Muss ich das?«

»Weil ich dir eine ziemliche Menge zu erzählen habe.«

Sie runzelte fragend die Stirn und er grinste. »Ich muss dir wohl oder übel ein Update meines bisherigen Lebens geben. Da es sich um fünfunddreißigeinhalb Jahre handelt, dürfte sich das ein wenig hinziehen.«

»Woher willst du wissen, dass mich das überhaupt noch interessiert?«

Ihr defensiver Ton reizte Carsten zum Lachen, doch er riss sich gerade noch zusammen. Stattdessen trat er auf sie zu und umfasste sanft ihre Arme. »Sie kommt näher«, raunte er, dann sprach er in normaler Lautstärke weiter: »Weil ich ziemlich sicher bin, dass auch du mir nicht die Wahrheit gesagt hast.«

»Was?«

»Neulich.« Sanft streichelte er mit den Daumen über ihre Oberarme, hielt sie gleichzeitig weiter fest. »Du hast gesagt, dass deine Gefühle für mich nicht echt gewesen seien.«

»Woher willst du wissen, dass das nicht stimmt?«

»Weil du eine schlechte Lügnerin bist, Sophie. Ich kann gerade jetzt in deinen Augen sehen, dass du etwas für mich empfindest.«

»Ja, ich verabscheue dich.«

»Noch eine Lüge. Langsam holst du mich ein.«

»Mach dich gefälligst nicht über mich lustig!«

»Also gut.« Er lächelte sie warm an. »Keine Lügen mehr, weder auf deiner noch auf meiner Seite.«

»Woher soll ich wissen, dass du zukünftig ehrlich zu mir bist?« Sie versuchte, sich ihm zu entziehen, doch er ließ es nicht zu. »Ich mag keine gute Lügnerin sein, aber du bist darin umso geübter.«

»Aber ich weiß jetzt, dass ich das wichtigste in meinem Leben verlieren könnte, wenn ich dich noch mal anlüge, Sophie. Das Risiko werde ich ganz bestimmt nicht eingehen.« Er spähte zu Lulu, die inzwischen neugierig bis auf Armeslänge nähergekommen war. »Beweg dich jetzt nicht«, flüsterte er Sophie zu.

»Wie bitte?« Verständnislos sah sie zu ihm auf.

Wieder schielte er zu der Hündin hinab, dann ließ er Sophie abrupt los und stürzte sich auf Lulu. »Hab ich dich!«, rief er triumphierend.

Huch, wau, wau! Liebe Zeit, hat der Mann gute Reflexe. Mist, er hat mich am Halsband. Nein, ich gebe die Schlüssel nicht her!

»Halt sie fest, Sophie, bevor sie wieder abhaut!«

Fassungslos blickte Sophie auf Carsten und Lulu hinab, die heftig miteinander rangen. Carsten stieß einen Laut aus, der irgendwo zwischen Fluchen und Lachen lag, dann rutschte er auf einer vereisten Stelle aus und purzelte zusammen mit der Hündin in den Schnee am Wegesrand. Lulu bellte begeistert, weil sie offenbar dachte, er wolle mit ihr spielen. Ihr Halsband war ihm entglitten, und nun sprang sie wie wild um ihn herum.

»Hey, aufhören! Sophie, tu doch was!« Carsten ächzte, als Lulu fröhlich auf ihn sprang.

Das macht ja richtig Spaß! Warum sind wir noch mal hier rausgekommen? Ich hab's ganz vergessen. Im Schnee herumtollen mit Herrchen ist suuuper!

»Lulu, komm her«, rief Sophie halbherzig, doch sie

konnte das Lachen, das in ihr aufstieg, kaum noch unterdrücken. Schließlich platzte es aus ihr heraus; sie hielt sich die Seiten und rieb sich mit einer Hand die Lachtränen aus dem Augenwinkel.

»Lulu, geh runter von mir, du verrücktes Untier!«

Untier? Das geht aber nun wirklich zu weit. Dafür kneife ich dich in die Nase!

»Jetzt hat sie dich angeknurrt. Ich hab es genau gehört.« Sophie bekam vor lauter Lachen die Worte nur keuchend heraus. »Lulu, wirst du wohl aufhören!«

Es ist aber doch gerade so spaßig!

»Lulu, Schluss jetzt!« Mit einiger Mühe rappelte Carsten sich auf. Sein Mantel war über und über mit Schnee bedeckt. Suchend blickte er sich um. »Wo ist der Schlüssel?«

O je, den hab ich ganz vergessen. Wo ist er, wo ist er? Ich hab ihn fallengelassen. Schnüffel. Ah, hier. Ha, ich hab ihn wieder.

»Halt, stopp, Lulu! Aus.«

Hach, manchmal ist es ganz schön blöd, wenn Menschen das Zauberwort kennen. Na gut, hier hast du den Schlüsselbund.

»Brav, Lulu.« Carsten nahm Lulu den Schlüsselbund aus der Schnauze und tätschelte ihr freundlich den Kopf.

Oh, bitte, gerne geschehen. Wenn man so nett gelobt wird, ist es ein Vergnügen zu gehorchen.

»Pfui, angesabbert.« Grinsend hielt Carsten Sophie die Schlüssel hin. »Bitte sehr.«

»Danke.« Sophie, die sich inzwischen von ihrem Lachkrampf erholt hatte, nahm den nassen Schlüsselbund zögernd entgegen und schob ihn in ihre Manteltasche. »Tja, dann …«

Nun mach schon, Carsten, damit wir wieder reingehen können. Ich hab schon wieder ganz viele Schneekügelchen im Fell und mir wird kalt.

Als Carsten wieder auf sie zu trat und sie sanft an sich

zog, wehrte Sophie sich nicht. Ihr Herz begann, heftig gegen ihre Rippen zu pochen. »Du könntest jetzt einfach wegfahren«, raunte er.

»Das hatte ich ursprünglich vor«, gab sie zu.

»Oder du kommst mit mir rein, ich mache uns einen Tee, und wir schauen uns gemeinsam die heutige Ausgabe von *Zeitschritte* an. Der letzte Artikel ist noch einmal richtig toll geworden. Die Leser werden sich vor Begeisterung überschlagen.«

»Ich finde es nach wie vor nicht toll, dass du die Wunschzettel der Kinder mit eingebunden hast.«

Carsten gab ihr einen sanften Kuss auf die Nasenspitze. »Umso mehr wird es dich freuen, wenn du erfährst, dass sich alle Wünsche erfüllt haben – auf die eine oder andere Weise.«

»Das hast du in die Wege geleitet?«

»Das und noch einiges mehr, von dem ich dir gerne erzählen möchte.« Er suchte ihren Blick. »Bleib bei mir, Sophie.«

Atemlos beobachtete sie, wie sich sein Blick zunehmend verdunkelte. »Keine Lügen mehr?«

Wieder trafen seine Lippen ihr Gesicht, diesmal an der Stirn. »Großes Pfadfinderehrenwort.«

Sie merkte auf und musterte ihn argwöhnisch. »Warst du jemals bei den Pfadfindern?«

Er stutzte, dann lachte er. »Erwischt. Nein. Also großes Indianerehrenwort.«

»Ich nehme an, dass du auch niemals ein Indianer warst.« In ihr stieg erneut ein Lachen auf.

»Doch, mit fünf oder sechs zu Karneval.« Er zwinkerte ihr zu.

Sie atmete tief durch. »Also gut, das muss dann wohl ausreichen.«

»Sophie.« Nun waren seine Lippen nur noch wenige Zentimeter von ihrem Mund entfernt. »Ich liebe dich. Glaubst du mir das?«

Ihr Herz überschlug sich beinahe. »Ja.« Sie stellte sich ein wenig auf die Zehenspitzen, um seinen Lippen noch näher zu kommen. »Ich liebe dich auch.«

Endlich!

Als sich ihre Lippen zu einem zärtlichen Kuss trafen, meinten beide für einen Moment, das Klingeln von Schlittenschellen und ein weit entferntes *Hohoho!* zu vernehmen.

Nachspiel

1. Weihnachtsfeiertag

»Also ich hätte schwören können, dass ich das Bild zu Hause gelassen habe«, sagte Sophie und betrachtete sinnierend den gerahmten Schnappschuss, den sie seltsamerweise am vergangenen Abend in einer der Geschenktüten entdeckt hatte. Inzwischen stand es auf einem kleinen Beistelltisch neben Carstens Couch, auf der sie sich nun in seinen Armen rekelte. Sie hatten gerade ausgiebig gefrühstückt und waren kurz mit Lulu im Park gewesen. Da es bis zum gemeinsamen Mittagessen bei Tessa noch ein wenig Zeit war, hatten sie es sich im Wohnzimmer gemütlich gemacht. Die Lichter des Weihnachtsbaumes verbreiteten einen festlichen Schimmer, und im Hintergrund lief leise ein Weihnachtskonzert im Radio.

»Vielleicht hat der Weihnachtsmann es in die Tüte geschmuggelt«, schlug Carsten schmunzelnd vor.

Oder eine seiner Elfen. Das gehörte schließlich mit zum Plan.

»Vielleicht wusste aber auch dein Unterbewusstsein von Anfang an, dass du es mir auf jeden Fall schenken würdest, und hat dich dazu gebracht, es mit einzupacken.«

»Eingebildet bist du wohl gar nicht?« Sophie drehte gespielt empört den Kopf in seine Richtung.

»Nicht die Spur!«

Sie lachte. »Mach dich auf jeden Fall auf etwas gefasst, wenn du meine Eltern nachher triffst. Meine Mutter wird vor Begeisterung an die Decke springen, wenn sie erfährt, dass ihr zukünftiger zweiter Schwiegersohn steinreich ist. Sie war schon hin und weg, als Tessa und Tom geheiratet haben. Er hat ja in seiner Zeit als Fußballprofi auch ein hübsches Vermögen angehäuft. Aber das ist wahrscheinlich im Vergleich zu deinem Bankkonto nur ein Taschengeld.«

Sie spürte, wie sich Carsten kurz versteifte, und beeilte sich hinzuzufügen. »Hallo? Das war ein Witz!«

»Mhm. Vielleicht sollte ich doch noch mal die Geschichte mit dem einfachen Journalisten herauskramen.«

»Untersteh dich!« Sophie nahm seine Hand und drückte sie. »Keine Sorge, sie wird dich mögen. Und Papa ebenfalls.«

»Ich würde dich gerne morgen mit zu meiner Familie nehmen. Mam gibt immer am zweiten Weihnachtsfeiertag ein Familiendinner. Ganz zwanglos.«

»Abendrobe?«

»Kann nicht schaden.« Nun lachte er ebenfalls. »Mach dir keine Gedanken, meine Leute sind keine Snobs oder so. Sie haben sich nicht umsonst ganz aus der Öffentlichkeit zurückgezogen. Mam liebt es aber nach wie vor, sich zu jeder möglichen und unmöglichen Gelegenheit in Schale zu werfen. Sie ist halt ein Fotomodell durch und durch, auch heute noch.«

Sophie drehte erneut den Kopf, um Carsten ins Gesicht sehen zu können. »Passe ich da rein?«

Carsten schlang seine Arme fester um sie. »Und wie! Ich freue mich schon auf das erste Wortgefecht, dass du mit Pap haben wirst. Er liebt es, sich zu streiten.«

»Ach? Dann fällt der Apfel wohl nicht weit vom Stamm?«

»Man behauptet, wir seien uns sehr ähnlich.« Er grinste. »Dummerweise streitet Mam sich so ungern, dass mein Vater kaum Gelegenheit hat, seiner Leidenschaft zu frönen. Ich könnte mir vorstellen, dass er zukünftig mit dir seinen Heidenspaß haben wird.«

»Na, das sind ja Aussichten.«

»Gute Aussichten, das verspreche ich dir.« Er hielt kurz inne. »Ich werde übrigens Ende Januar aus dieser Wohnung ausziehen.«

»Was? Warum?« Sophie wollte sich aufrichten, doch er hielt sie beharrlich an sich gedrückt.

»Weil ich dafür sorgen werde, dass Kati die Wohnung bekommt, sobald sie achtzehn ist.«

»Oh.« In Sophie stieg ein warmes Gefühl auf, gleichzeitig runzelte sie aber skeptisch die Stirn. »Aber wie soll sie die Wohnung denn bezahlen? Doch nicht von dem bisschen Geld, das sie beim Austragen der Zeitungen verdient.«

»Ich möchte ihr eine Ausbildungsstelle vermitteln.« Er zögerte nur kurz. »Bei deiner Schwester.«

»Bei Tessa?« Ihre Miene hellte sich auf. »Ja, warum nicht? Tessa hat schon länger mit dem Gedanken gespielt … Fragen wir sie am besten gleich nachher.«

»Das hatte ich vor.«

»Und wo willst du dann wohnen? Wieder in Köln?«

»Nein.« Lächelnd drückte er ihr einen Kuss auf die Stirn. »Mein Loft in Köln werde ich verkaufen. Meine Cousine Astrid hat schon lange ein Auge darauf geworfen.«

»Astrid?«

»Die schwarzhaarige Schönheitskönigin.«

»Das ist deine Cousine?« Sophie spürte, wie ihr die Röte in die Wangen stieg.

»Sie wird morgen auch da sein. Bestimmt wirst du sie mögen – und sie dich.«

»Aber wo wirst du wohnen?«, lenkte Sophie das Gespräch rasch wieder auf das ursprüngliche Thema, um sich von ihrer Verlegenheit abzulenken, dass sie ein wenig eifersüchtig auf die andere Frau reagiert hatte.

»Ich habe vor, mir hier in der Stadt ein Haus zu kaufen.«

Überrascht drehte sie sich ihm noch weiter zu. »Etwa eine Villa?«

Er grinste. »Na ja, ein bisschen größer als diese Wohnung darf es schon sein, oder?«

»Da musst du dann aber eine Menge neuer IKEA-Möbel kaufen.«

»Gerne, aber nur unter einer Bedingung.« Er küsste sie. »Du musst mir beim Aufbauen helfen.«

»Dir ist schon klar, dass ich dazu spitze Werkzeuge in die Hand nehmen muss.« Sie schmunzelte. »Bei unserer Streitfrequenz könnte das gefährlich werden.«

»Das Risiko gehe ich ein.« Er zwinkerte ihr zu. »Mir fällt gerade ein, dass ich noch eine weitere Bedingung stellen möchte.«

»Und die wäre?«

»Wohne mit mir zusammen in dem Haus.«

Sie hielt die Luft an. »Du forderst das Glück aber ganz schön heraus.«

»Warum? Wir haben doch jetzt zum Beispiel schon seit …« Er warf einen Blick auf die Wanduhr. »… einer Dreiviertelstunde nicht mehr gestritten. Das kann doch nur noch besser werden.«

Sophie kicherte. »Also gut, aber sag hinterher nicht, ich hätte dich nicht gewarnt!«

»Außerdem kann ich dann noch viel besser daran arbeiten, deine Meinung über mich doch noch zu ändern.«

»Meine Meinung über dich?«

»Großkotz?«, erinnerte er sie mit einem schalkhaften Funkeln in den Augen.

»Vergiss es.« Sophie streckte die rechte Hand aus und zeichnete mit den Fingern zärtlich die Linie seiner Wange nach. »Das schaffst du in fünfzig Jahren nicht.«

Er fing ihre Hand spielerisch auf und drückte einen Kuss darauf. »Gib mir fünfzig Jahre, dann werden wir ja sehen.«

Gerade als ihre Lippen sich erneut trafen, gab Sophies Handy auf dem Couchtisch ein Piepsen von sich. Überrascht richtete sie sich auf und griff danach. »Nanu, eine E-Mail? Heute am Feiertag?« Sie klickte die Mail an, stutzte und machte große Augen. »Das gibt's doch nicht!«

»Was ist denn?«

»Schau dir das an, das ist eine Mail vom … Nein, das muss ein Scherz sein!« Mit leicht zitternder Hand hielt sie ihm das Smartphone hin, damit er die Nachricht lesen konnte.

Überrascht runzelte er die Stirn. »Was ist das denn?«

»Eine elektronische Grußkarte vom Weihnachtsmann.« Sophie schluckte. »Siehst du die Datei, die darunter angehängt ist? Das ist eine E-Mail, die ich vor zehn Jahren aus Jux in so ein Weihnachtsmann-Portal eingegeben habe. Damals musste ich dort versichern, dass ich meine E-Mail-Adresse bis auf weiteres behalte, damit man mich problemlos erreicht, falls man Rückfragen habe oder mir eine Weihnachtskarte schicken wolle. Ich weiß noch genau, dass in den allgemeinen Geschäftsbedingungen stand, man würde nur einmal eine solche elektronische Weihnachtskarte erhalten, und zwar, wenn der geäußerte Wunsch in Erfüllung gegangen ist.«

»Der Weihnachtsmann hat allgemeine Geschäftsbedingungen?«

Sophie starrte auf die bunt blinkende e-Card mit dem lachenden Weihnachtsmann und den fröhlich grinsenden Rentieren darauf. »Frohe Weihnachten und ein glückliches neues Jahr«, las sie vor. »Der Weihnachtsmann wünscht Sophie und Carsten alles Gute für die gemeinsame Zukunft.«

»Woher kennen die meinen Namen?«

Na, ist doch klar, Carsten, weil der Weihnachtsmann alles weiß. Die Elfen waren auch gerade eben hier und haben nach dem Rechten gesehen. Einen Kauknochen haben sie mir auch mitgebracht. Den hab ich ganz schnell verspeist, bevor ihr ihn entdecken konntet.

»Ich weiß auch nicht …« Sophie starrte noch immer auf ihr Handy. »Das ist ja wirklich unheimlich.«

»Vielleicht kommt die Mail tatsächlich vom Weihnachtsmann?«, schlug Carsten grinsend vor.

»Das glaubst du doch nicht wirklich?«

»Warum denn nicht? Ist dein Wunsch in Erfüllung gegangen oder nicht?«

Sophie konnte dem schelmischen Glitzern in seinen Augen nicht widerstehen. »Ja, er hat sich erfüllt, und pünktlich noch dazu. Das bedeutet, ich habe die Wette gewonnen. Da wird Tessa aber Augen machen. Sie schuldet mir nämlich jetzt eine Kiste teuren Schampus. Sogar das mit dem Hund hat funktioniert.« Sie zögerte kurz. »Du magst Lulu doch, oder?«

»Und wie!«

Ich mag dich ebenfalls sehr, Carsten. Sophie natürlich auch. Hach, was für ein wunderbares Happy End! Wau!